白狼王子と溺愛あまあま新婚生活

contents

白狼王子と
溺愛あまあま
新婚生活

◇　◇　◇

プロローグ

「登羽《とわ》、こっちを向いて」

　耳許で、うっとりするほどの美声で囁《ささや》かれ、登羽はドキっとする。

　それでも身を固くして反応せずにいると、登羽を背中から抱いていた彼、リュカはかまわずその頬や項にちゅっとキスを仕掛けてきた。

　登羽は二十歳になったばかりだが、身長百七十センチに体重五十八キロとかなり華奢《きゃしゃ》なので、百八十五センチもあるリュカとは一回り体格が違う。

　ことに、こうして後ろから膝の上に乗せられていると、よけいに体格差が際立ってしまう気がして、やや不服な登羽だ。

「そ、そんなにキスばっかしちゃ……駄目っ！」

「なぜだ？　今まで登羽からたくさんキスしてくれていたのに、最近してくれなくて寂しいぞ？」

「それは……最近はリュカが人間になってる時間の方が長いからだろっ」

　いつものように撫《な》でてほしいとねだられ、登羽は手を伸ばして彼の輝くようなプラチナブロンドの髪を撫でてやる。

無造作に伸ばされた髪型だが、ワイルドな魅力のあるリュカにはよく似合っていて、登羽は好きだ。

そして、その髪に埋もれるようにして生えている、ピンと立った耳も。

デニムを穿《は》いた彼の、形のよい臀部からはフサフサとした立派な尻尾が生えていて、今のご機嫌を示すように左右へ揺れている。

すると、「ん？」と目近で覗《のぞ》き込まれ、リュカの美貌《びぼう》が鼻先に迫ってきたので、またドキドキさせられてしまった。

本当に……このモデルばりの絶世の美青年が、実は狼《おおかみ》の姿に変身するなんて言っても、誰も信じないだろう。

「だから……狼の時はいいけど、大人の男同士が、キ、キスとか人前で気軽にしちゃいけないんだって！」

「ここは人前ではないぞ。登羽の家の別宅で、二人きりだ」

「うっ……」

その通りだったので、登羽は耳まで赤くなって返事に詰まる。

確かに今は二人きりで、リュカの望み通り、恋人レッスンの最中。

彼の膝の上に抱かれている状態で主張しても、極めて説得力がないだろう。

――だって……恥ずかしいものは恥ずかしいんだから、しょうがないじゃんか……。

今まで家族として、相棒として長い時間を共に過ごしてきただけに、いきなり恋人へ切り替えろと言われてもつい照れくささが先に立ってしまうのだ。

「登羽が大学を卒業するまで、あと一年と十ヶ月ほどだな。待ち遠しいぞ」

と、リュカはリビングの壁に飾ってあるホワイトボードを指し示す。

そこには『登羽の卒業式まであと六百六十三日』と黒ペンで書かれていた。

今はたまたま帰省中なのだが、登羽が大学を卒業してこの家に戻ってくる日を心待ちにしているリュカが、わざわざ毎日書き直してカウントダウンしているのだ。

――カウントダウンするの、早過ぎだろ……。

それを見ると、登羽はまた少し気が重くなった。

まだ決断できないので、正直、時間の猶予があることがありがたい。

だが、反面リュカの方は上機嫌だ。

「登羽が東京から戻ってきたら、すぐにでも結婚しよう。我が伴侶《はんりょ》は登羽だけだ。生涯大切にすると誓う。ああ、待ち遠しくてたまらない」

リュカが背後からぎゅっと抱きしめてくるので、登羽は片手で彼の顔を押し返す。

――ダメだ、もうっ、リュカってば狼の時と同じくらいベタベタしてくるんだからっ。

ドキドキしてしまって、心臓に悪い。

今まで、登羽が成人するまでは節度を守り、そんなそぶりはいっさい見せなかったリュカだったが、登羽が二十歳になるや否や怒濤《どとう》のプロポーズに恋人レッスン宣言。

こうして押せ押せで、日々迫ってくる。

悪気がないのはわかっているし、今まで我慢してきた（らしい）反動が出ているのだろうが、恋愛初心者のこっちの身にもなってほしかった。

とはいえ、リュカ自身も登羽が初恋の相手らしいので、同じ状況ではあるのだが。

「だから……もう少し、時間が欲しいって何度も言ってるだろ？」

「いったい、なにが難しいのだ？　結婚には二人の同意があれば、それでいいではないか。この国でもついに法的に同性婚が認められるようになったことだし、実によかった」

そうなのだ。

まだ日本では同性婚はできないというのを言い訳にしようと思っていたのに、なぜかここへきて、あれよあれよという間に正式決定してしまったらしい。

なんたるバッドタイミング……!!

「前にも言ったけど、け、結婚って一大事だから、そう簡単には決められないよっ」

何度も訴えてはいるものの、リュカにはそんな常識は通用しないのもわかっている。

だって、リュカは異世界から来たのだから。

「登羽」

ふいに名を呼ばれ、気づくとリュカはいつのまにか狼の姿に変身していた。

体長一メートルほどの大きさで、白銀色に輝く、豊かな毛並みに精悍《せいかん》な面差しは雄々《おお》しい肉食獣の姿そのものだ。

日本では既に狼は絶滅しているし、登羽も図鑑でしか見たことがないが、リュカは地球上の狼とはまた少し違った容姿をしている。

が、これほど美しい獣がこの世に存在するのかと、いつも惚れ惚れと見とれてしまう。

「獣人体だと抵抗があるのなら、この姿であればいいであろう？」

「……もう、しょうがないなぁ」

そこまでしてキスしたいのかとあきれていると、リュカは前肢で登羽をソファーの上に押し倒し、仰向けの腹の上に乗ってきた。

「登羽、愛しているぞ」

狼姿の彼とは、子どもの頃から数え切れないほどキスしてきた。

頬や鼻先、そして唇。

特に登羽は、リュカと鼻先をぶつけ合う鼻チューをするのが好きだ。

十二歳の頃から、ずっと一緒だったリュカのことが大好きで大好きで、子どもの頃はなんの疑問も持たなかったのに。

リュカはかなり大型なので、登羽の上にまるで人間が乗っているかのような大きさだ。

かなり重いため、度々これをやられる登羽はずいぶんと腹筋が鍛えられた。

ちゅっちゅと音を立て、頬にキスしてくるのを、内心くすぐったさを堪《こら》えて受け止める。

狼の姿ならば、人前だって堂々とキスできる。

だが、人間の姿でとなると、話はだいぶ変わってくるのだ。

「リュカ、もう、くすぐったいってば」

大きな口と長い舌で頬を舐められ、登羽は目を閉じて笑ってしまう。

慣れているので全身の力を抜き、リラックスしてリュカの体重を受け止めていると。

ふいに腹の上の質量が変わった気がして、薄目を開ける。

すると、一瞬にしてまた獣人体に変身していたリュカが、今まさに登羽の唇へキスしようとしていたところだった。

「……待て!!」

咄嗟にいつもの調子で叫ぶと、狼の時の習慣が身についているリュカは即座に飛び退き、ソファーの下で片膝を突いて待機する。

「ななな、なにやってんだよ、もう!」

「狼ではよくて、この姿ではダメな理由が納得できん。私はこんなにも、登羽のことが好きなのに」

と、その体躯に似合わず、これ見よがしにイカ耳になり、捨てられた子犬のような純真な瞳で上目遣いにじっと見つめられ、思わず罪悪感に襲われる。

「卑怯だぞっ、僕がその顔に弱いってわかっててやってるだろ!」

――あ、危なかった～～!

またうっかり流されて、キスしてしまうところだった。

獣人体のリュカとキスするのは、いやじゃない。

その逆で、ドキドキし過ぎてしまって、訳がわからなくなるのが困るのだ。

これが恋なのかどうか、恋愛未経験の登羽にはまだよく理解できない。

――でも、早いものだな……リュカと出会ってから、もうすぐ八年近く経つなんて。
そうして登羽は、初めて彼と出会った頃のことを思い出していた。

◇　◇　◇

春瀬《はるせ》登羽、現在は実家を出て東京へと上京し、都内にある大学へ通う独り暮らしの学生だ。

登羽はN県の山奥で、代々土地持ちの地主の家に生まれた。

春瀬家は広大な山林や森をいくつも所有しているので、一般家庭より裕福ではあったが、父は堅実な性格だったため、登羽に普通の金銭感覚を身につけてほしいと身分不相応な贅沢はさせない人だった。

実際、地所はたくさんあっても税金はかなりの額になるし、賃貸物件や駐車場経営などの収入はあるにはあるが、そう豪遊できるほどのブルジョワではない。

だが、土地だけはあるので登羽が生まれる少し前、新婚だった両親は父方の祖母・静子《しずこ》と相談し、繁華街からかなり離れてはいるが、春瀬家所有である静かな森の手前に家を建てた。

最寄り駅までは車で二十分。バスだと約三、四十分かかるが、地方都市にしては便がいいためさほど不自由はない。

父は長男だったので、静子と同居する流れになり、広い敷地に本宅と別宅を建て、登羽たち一家は別宅に住むことになった。

いわゆる、敷地内別居というやつだ。

母の趣味で白亜の洋式建築で建てた家には、本宅が６ＬＤＫに、別宅が４ＬＤＫのそれぞれ二階建て。

祖母の静子はその数年前に婿養子だった祖父を病気で亡くし、一人暮らしになったが、祖父亡き後も会社の仕事をバリバリこなすやり手だ。

祖母は春瀬家の一人娘で、代々続く春瀬不動産株式会社も彼女の父、すなわち登羽にとって曾祖父から受け継ぎ、大切に守り続けてきたのだ。

新築の家で暮らし始めて、数年。

両親も祖母の会社の仕事を手伝い、最初はそれなりにうまくやっていたが、登羽が七歳の頃、母は父と離婚して一人家を出ていった。

まだ幼かった登羽は当時のことはよくわからないが、父の話では母は別に好きな人ができたのだという。

――僕はお母さんにとって、いらない子なんだ……。

母に置いていかれたショックで、登羽はしばらく落ち込み、心配した祖母は父と登羽を本宅へ呼んで共に暮らすことにした。

父の方も離婚がかなり堪えていたらしく、一時は過労死するのではないかと心配になるくらい仕事に没頭し、家にも戻らないような生活が続いた。

彼らが立ち直るのに数年を要し、登羽が小学校を卒業する頃、ようやく穏やかな日々が戻ってきたと思った矢先。

さらなる不幸が春瀬家を襲った。

仕事中の父が、脳梗塞《のうこうそく》で急死してしまったのだ。

わずか十二歳で両親を失ってしまった登羽のショックは、相当なものだった。

父の葬儀のことは、あまりよく憶《おぼ》えていない。

葬儀が終わってからもしばらくは学校も休みがちになり、なんとか登校できるようになっても今までのように楽しく友達と遊ぶこともできなくなっていた。

明るかった登羽がふさぎ込んでいるのを心配し、祖母はこんな話をしてくれた。

「裏の森には、何百年も前から我が春瀬家が代々守ってきた、不思議な木があるのよ。お父さんがいなくなった今、あの木を後世に残すのはあなたの役目だから、気が向いたら挨拶《あいさつ》していらっしゃい」

木に挨拶なんて、不思議なことを言うなと思ったが、祖母は真剣だった。

「あれはとっても不思議な木なの。普通の木は、だんだん大きく成長していくものだけど、その木はすごく大きな木だったものが、年々小さくなっていってるのよ」

祖母の話では、彼女が幼かった頃には五階建てビルほどの高さがあったその木が、約五十年経った今では十メートルに満たないほど縮んでいるらしい。

まさか、木が小さくなるなんて、そんなことが本当にあるんだろうか？

と、小学生の登羽でさえ信じ難い、突拍子もない話だったが、祖母が嘘《うそ》をついているようにも見えない。

祖母はこの春瀬家の一人娘として生まれ、祖父に婿養子に入ってもらい父を産んだので、彼女もまた幼い頃からその木のことを両親から聞いていたのだという。

決してその木を切り倒したり、森を手放したりしてはならないと、常々口を酸っぱくして言い含められながら成長してきた祖母は、唯一の後継者となってしまった登羽にも、その木を大切にしてほしいのだと説明した。

「その木のそばにいると、なんだかとっても気持ちが安らぐの。春瀬家のご先祖様はその木に、妖精が宿ってるんだって言い伝えているのよ」

そこまで言われるとかなり興味をそそられ、登羽はいつかその木を見に行きたいと思った。


「今日はお父さんとお母さんと、おうちでクリスマスパーティーするんだ」

「あ、僕も！」

「ケーキ、どんなのか楽しみだよね」

同級生たちのそんな会話を背中で聞きながら、登羽は一人トボトボと家へ帰る。

今日は、クリスマスイブ。

だが両親が既におらず、祖母も仕事が忙しいので家に帰ってくるのは毎日夜八時過ぎだ。

祖母はちゃんとクリスマスのチキンとケーキを用意してくれていて、冷蔵庫に入っているのは知っている。

『おなかが空いたら温めて先に食べていてね』と言われているが、一人で食べるのは寂しくて、とてもそんな気になれなかった。

――お祖母ちゃんが帰るまで、暇だなぁ。

ソファーでゲームをして時間潰しをしていると、ふいに先日祖母から聞いた木のことを思い出す。

どうせ一人なのだから、行ってみようかと、ふと思い立ち、リュックにおやつのクッキーとジュース、それに一応小型の懐中電灯を入れて準備する。

フードつきジャケットを羽織り、マフラーを首に巻き手袋をつけて準備は万端だ。

そうして本当に思いつきで、登羽は一人で夕方の森に入った。

幼い頃からよく遊んでいたため、森は登羽にとって庭のようなものだったが、祖母が言っていた木は今まで行ったことがないエリアに生えているようだった。

かなり奥まで分け入らなければならないし、この森は春瀬家の私有地なので一般人が近づくことはまずない場所だ。

舗装されていないので、登羽はテクテクとなだらかな坂道を上ったり、岩場を乗り越えたりして先へ進む。

子どもの足で、二十分ほど歩いただろうか。

森の雰囲気が突然変わり、なんだか荘厳な気配に包まれる。

登羽はまだ子どもなのでうまく表現できなかったが、それは人間界とは少し異なる空気、だったのかもしれない。

そして、鬱蒼《うっそう》と生い茂った木々の間を抜けると、一気に視界が開き。

目の前には、かなり広い草地があり、その中央に一本の巨木が立っていた。

「わぁ……」

思わず駆け寄り、見上げるとマンションの三階建てくらいの高さだろうか？

昔より縮んだと言われても、幼い登羽にとってはそれなりの大木だ。

そよそよと風が吹き、緑の匂いが鼻孔をくすぐる。

確かにこの木のそばにいると、なんとなく心が穏やかになっていく気がした。

「こんにちは、妖精さん。いるなら出てきて」

思い切ってそう話しかけてみるが、それらしき気配はないのでがっかりする。

が、まだ初対面で信用してもらえないに違いないと気を取り直した。

祖母の言う通り、その木にもたれて目を閉じてみると、なんだかサラサラという不思議な音が聞こえてきて、とても心地いい。

少しおなかが空いてきて、登羽は大木によりかかり、おやつのクッキーを囓《かじ》った。

空腹が満たされると、防寒対策でいくつも貼ってきたカイロの温もりでだんだん眠くなってくる。

こんな寒い日に外で眠っては風邪を引くと思いつつも、登羽はついウトウトし始めた。

すると、半覚醒の意識の中、獣の鳴き声のようなものが微《かす》かに聞こえてくる。

犬の遠吠えのような、なにか驚きや戸惑い、それに悲しみをない交ぜにしたような響きだ。

次の瞬間、寄りかかっていた大木に地震にも似た衝撃が走り、驚いた登羽は慌てて飛び退いた。

「な、なに、今の⁉」

思わず声に出すと、いつのまにか目の前には一匹の犬の姿があった。

小学六年生の登羽よりも一回り大きいので、体長二メートル近い、かなりの大型犬だ。

その豊かな毛並みは白銀色で、登羽が今まで見たことがあるどんな犬よりも美しかった。

——でもこの子、犬にしては大き過ぎるよね……？　狼に似てるけど……？

しかし日本の野生の狼は既に絶滅したと、授業で習ったし。

自分より大きな野生動物との対面に、登羽はどうしていいかわからず、ただじっと彼を見つめる。

『彼』の方も、その精悍な瞳にやや困惑の色を浮かべて登羽を見つめている。

なんとなく、自分に危害を加える気はないと確信し、登羽はおずおずと話しかけてみた。

「こんにちは、きみ、どこから来たの？　飼い主さんは？」

だが、彼は反応せず、登羽を見据え、唸《うな》るばかりだ。

どうしようかと途方に暮れた、その時、登羽は彼の右の後ろ肢が血まみれだったことに気づく。

「怪我してるの？　大丈夫⁉」

思わず手を伸ばすと、彼は警戒するように一歩後じさった。

「なにもしないから、怪我したところを見せて。ね……？」

優しく声をかけると、彼はクンクンと登羽の匂いを嗅ぎ、少し迷った挙げ句、まるでその言葉が理解できたかのように、つと肢を差し出した。

意思疎通できたのが嬉しくて、登羽はポケットからハンカチを取り出し、傷口を縛ってやる。

「これでよし！　うちの近所に動物のお医者さんがいるから、診《み》てもらおうよ。先生、とってもいい人だから」

そう話しかけたが、彼が痛そうに後ろ肢を庇《かば》っているのに気づく。

「そっか……歩くの痛いよね。わかった、そしたら僕がおんぶしていくから、乗って！」

と、片膝を突き、背中に両手を回した登羽は、準備万端で犬を振り返る。

彼が戸惑っているので、「遠慮しないで」と促した。

すると、やはりその言葉が通じたかのように、後ろ肢を引きずった犬は登羽に歩み寄り、少しためらった末、その背におぶさり肩へ顎を乗せてくる。

体重を推測すれば、小学生に背負いきれる重さではないはずなのに、なぜか彼は羽根のように軽かった。

「え、軽っ！　ホントに乗ってる？」

と、振り返って確認してしまうほどだ。

大きさも、普通の大型犬ほどの体長だと思うので、さっきは暗かったから見間違えたのかな、と首を傾げる。

まぁ、とにかく背負って歩ける程度だったので、登羽はうんしょ、と彼を背負って山道を下り始めた。

今思えば、背後からいつ首筋を噛まれてもおかしくない危険な行為なのに、この時の登羽はまったくそんな心配はしていなかった。

ただ、この子を助けられるのは自分だけなのだと、必死に先を急ぐ。

だが、いくら軽く感じるといっても、足許が悪い山道で大型犬を背負って歩くのはかなり体力を消耗する。

だんだんと登羽が疲れていくのを察したのか、背中で彼がくぅん……と心配げに鼻を鳴らした。

「大丈夫だよ、もうすぐ、着くからね」

そう虚勢を張り、なんとか両足を踏ん張って、よたよたと歩き続ける。

はぁはぁと荒い息をつきながら、登羽は子どもの足で二十分ほどの道程を、小一時間ほどかけてなんとか森から戻ってきた。

最後の力を振り絞り、顔見知りの動物病院『山埜《やまの》動物クリニック』のドアを叩く。

ちょうど診療時間終了直後だったのだが、院内の窓が開き、眼鏡をかけた四十代半ばの中年男性が顔を覗かせる。

「せ、先生、お願い、この子の怪我、診てあげて……っ」

ようやくそれだけ告げると、緊張の糸が切れ、疲労のあまりへナへナとその場にへたり込んでしまう。

「登羽くんか⁉　どうしたんだ⁉」

訪問者が近所で顔見知りの登羽だとわかると、山埜は慌てて鍵を開け、中へ入れてくれた。

山埜動物クリニックは、彼の祖父から三代続く老舗《しにせ》の動物病院で、ご近所ということもあって春瀬家とは付き合いが長い。

数年前に病気で亡くなってしまったのだが、登羽が小さい頃からシェパードの小太郎《こたろう》を飼っていたので、ずっとお世話になっていたのだ。

「いったい、なにがあったんだ？」

「この子、うちの森の中で怪我してたの」

大型犬を診察台に上げ、山埜はその全身を観察しつつ首を傾《かし》げる。

「今まで見たこともない犬種だな……狼……？　いや、日本の野生の狼はとっくに絶滅したはずだしなぁ」などとぶつぶつ呟いている。

「後ろ肢の怪我だけど、骨折はしてないよ。高いところから落ちた衝撃で捻挫《ねんざ》して、木かなにかに引っかかって切れたんだろう。安静にしていればすぐよくなる」

「ホントに？　よかったぁ……」

それを聞いて、登羽はほっとした。

「それより、この子は首輪をしていないから野良のようだが、登羽くんが飼うつもりなのか？　静子さんは知っているの？」

そう問われ、登羽は返事に詰まる。

正直、怪我が心配でその先のことまで考えていなかったのだ。

だが、診察台の上で、くぅん……と鼻を鳴らし、じっと自分を見つめている彼と目が合う。

「飼えないなら、うちで譲渡先を探してあげるけど……」

「ううん、僕が面倒見る！　……でも、お祖母ちゃんが……」

と、うつむく。

以前飼っていた小太郎が亡くなって以来、もうペットは飼わないわというのが口癖になった祖母を説得するのは難しいと思ったのだ。

すると、しゅんとしてしまった登羽の様子を見て、山埜はしゃがみ込んで目線を合わせてくる。

「よし、そしたら今夜はこの子はうちで預かろう。静子さんに正直に話して、明日の朝二人で迎えにおいで。俺も一緒に説得してあげるから」

「ホント⁉」

力強い味方を得て、登羽はぱぁっと表情を輝かせる。

「ありがと、先生！」


こうして、思いがけず大波乱のイブになってしまったが、一人自宅に戻った登羽は、その晩祖母の静子が仕事から帰るのを待ち、正直に事情を話した。

一応事情を把握した祖母と、翌朝一緒に山埜動物クリニックへ向かうと、実際の犬を目の当たりにし、こんなに大型犬だと思っていなかったらしい祖母は腰を抜かしかけている。

「と、登羽、こんな大きな犬を背負って山を下りてきたの……？　なんて危ないことを……」

「うん、すごく軽かったよ？」

「いや、軽くはないぞ……よく背負えたと感心するくらいだ」

実際にリュカを抱き上げて診察台に乗せた山埜も、そう呟く。

「先生、小学生がこんな大型犬を飼うなんて、危険ではないんでしょうか？」

祖母が、この子が自分に危害を加えるのではと案じているのを察し、登羽は必死で庇う。

「この子、森の中に一人でいたんだ。すごく大人しくて、まるで言葉がわかってるみたいに頭のいい子なんだよ？　お願い、お祖母ちゃん、僕がちゃんとお世話するから、この子をうちの子にしてあげて……！」

必死にそう頼み、縋《すが》るような瞳で見上げると、山埜が加勢してくれる。

「一晩預かりましたが、本当に大人しい子でしたよ。ただ、きちんと躾《しつけ》されてるみたいで、とても野良には見えないんです。もしかすると、今後飼い主が現れるかもしれないという懸念はありますが……」

と、山埜は思案しながら続ける。

「さらに躾が必要なようでしたら調教師も紹介しますし、うちもサポートさせていただきます。こんなに真剣な登羽くんを見ちゃうと、なんとかしてやりたくなっちゃって」

「先生……」

父親を亡くして以来、元気がない登羽を心配し、今までもなにかと気にかけてくれた山埜の優しさに、登羽はジンと胸が熱くなる。

それを聞き、祖母はため息をついた。

「先生がそこまで言ってくださるなら……ただし、この子に本当の飼い主さんがいるなら、ちゃんと返さなくては駄目よ。約束できる？」

「うん！　お祖母ちゃん、ありがと！」


こうして、その大型犬は登羽の家に引き取られることになった。

前にも犬を飼っていたから、必要なものはわかっているので祖母が近くのペットショップにいろいろ注文してくれる。

「さぁ、今日からここがきみのおうちだよ」

初めて自宅にその子を連れ帰ると、登羽は嬉しさのあまり家中を案内して見せたかったが、まだ怪我がよくなっていないので我慢する。

とりあえずは自分の部屋の一角に毛布を敷き、ゆっくり休めるベッドを作ってやると、大型犬はその上に座り込んだ。

「そうだ、きみの名前を考えなきゃね。どんなのがいいかな？」

名づけは大切なので、登羽は一生懸命考える。

大型犬はそんな登羽をお行儀よくお座りして、じっと見つめていたが、その時、

『リュカ』

ふいに登羽の頭の中で、誰かの声が聞こえてきた。

「え……誰？　お祖母ちゃん？」

きょろきょろと周囲を見回してみるが、当然ながら誰もいない。

祖母は階下のキッチンにいるはずだ。

第一、聞こえてきたのは耳に心地よい、若い男性の声だった。

すると。

『我が名はリュカだ』

さらにはっきりと、そう聞こえてきた。

思わず大型犬を見ると、少し舌を出した彼がじっと登羽の瞳を見据えてくる。

「……もしかして、きみが喋《しゃべ》ったの……？」

おずおずと声をかけると、彼は頷くような仕草を見せた。

『まだこの地の言語は習得できていないので、そなたの脳に直接念話で話しかけているのだ』

大人ならば、まず悪戯《いたずら》かなにかだと真っ先に疑うに違いないが、純真無垢な登羽はあっさりそのあり得ない現実を受け入れた。

「すごい！　人とお話しできるんだね。僕の言ってることもわかる？」

『理解している』

「そしたら、えっとえっと……」

なにから話せばいいのか考え、登羽はとりあえず自己紹介をすることにした。

「僕の名前は登羽！　小学校六年一組！　好きな食べ物はお祖母ちゃんが作ったハンバーグと春巻きだよ！　きみはどこから来たの？　ひょっとして、前の飼い主さんいる……？」

本当の飼い主が見つかったら、この子を返さねばならないと祖母に言われていたので、登羽は真っ先にそれを確認する。

するとリュカと名乗った彼は首を横に振ってみせた。

『私はここことは異なる世界から来た者だ。こちらに飛ばされてきて会ったのは、登羽が初めてだ』

「そうなんだ……そしたら、元の世界に帰っちゃうの……？」

せっかく友達になれたのに、と登羽はしゅんとしてしまう。

「ひ、一人で森にいたら寒いし、ごはん探すのだって大変だよ？　うちにいなよ！」

なんとかリュカを引き留めたくて、必死に説得する。

『……そうだな』

登羽の言うことも一理あると思ったのか、リュカはそんな登羽をじっと見つめ、そして答える。

『……とりあえず、この怪我が治るまでは厄介になりたいのだが、よいか？』

「もちろんだよ！　そうだよね、まずは怪我を治さないとだよね！」

少しの間でもリュカがいてくれると言ったのが、嬉しくて。

登羽はほっとした。

『助けてくれて、登羽には感謝している。しばらくの間、よろしく頼む』

「こっちこそよろしくね、リュカ！」

弾むように応じ、登羽はにっこりした。


それから。

リュカが念話で意思疎通できることは他の人間には内緒にするよう言い含められたので、登羽はそれに従い、祖母にも話さなかった。

もし大人にリュカが喋れるのを知られたら、珍しい犬としてどこかの研究機関かなにかに連れていかれてしまうかもしれないと思ったからだ。

こうして、リュカは普通の飼い犬として春瀬家に迎えられ、登羽と祖母と暮らすことになった。

後ろ肢を引きずりながらも、少し歩けるようになると、登羽は現在祖母と住んでいる本宅と、以前両親と暮らしていた別宅にリュカを案内した。

別宅には亡くなった小太郎のケージやオモチャがまだ残っていて、リュカは別宅の方が気に入った様子だった。

『登羽は、以前ここで暮らしていたのだな』

「え、どうしてわかったの？」

『まだ登羽の匂いが、強く残っているからだ』

「そうなんだ……」

そこで登羽は、両親が離婚した後に父も亡くなり、本宅で祖母と暮らすようになった経緯を説明した。

『そうか、それはつらかったな』

「……ううん、今はお祖母ちゃんとリュカがいるから、寂しくないよ？」

別宅にある小太郎の部屋を片づけてリュカの居場所を作ってやりながら、口ではそう言ったが、両親と小太郎の話をしたら少し当時のつらさを思い出し、寂しくなってしまう。

「あのさ……リュカのこと、抱きしめてもいい？」

『いいぞ』

許可をもらってその首に両手を回してしがみつき、フワフワの毛に頬を埋める。

そうすると、なんだかほっとできた。

「リュカ、とってもいい匂いがするね」

幼い頃から匂いに敏感な登羽は、なんでもまず匂いを嗅《か》いで確かめてみる癖があるのだ。

なんと表現すればいいのだろうか。

これほどの大型動物ならばかなりの獣臭がするはずだが、リュカからはお日さまによく照らされた干し草のような、香ばしいいい匂いがした。

『人間も、相手の匂いで敵かどうかを判断するのか?』

「ううん、僕が匂いを嗅ぐのが好きなだけ」

だが、不思議なことに登羽がいやな匂いだと思った交差点で翌日事故が起きたり、避けた方がいい事件が実際あったりしたので、よけいに確認してしまうのかもしれない。

『そうか。我らは匂いで敵か味方か、危険があるかないかを判断する。登羽もいい匂いだ』

ピスピスと動く黒い鼻先を頬に押しつけられ、その感触に笑ってしまう。

「ふふ、くすぐったいよ」

『よかった、やっと笑ってくれたな』

「え……?」

『登羽はそうやって笑っている方がよい』

そう言って、リュカは登羽の膝に前肢を乗せて寝そべってきたので、登羽もその毛並みを思う存分撫でてやったのだった。


こうしてリュカとの生活が始まり、登羽の日常は変わった。

小柄な登羽が大型犬の世話をするのは大変ではあったが、リュカとは意思疎通できるので、その点はとても楽だった。

二週間もすると、リュカの怪我はすっかりよくなって、元通り自由自在に走り回れるようになった。

もう毎晩寝る時も一緒で、登羽がベッドに入るとリュカもその隣に寝そべる。

「また走れるようになって、よかったね、リュカ」

手を伸ばして頭を撫でてやると、リュカは心地よさげに目を閉じている。

彼の怪我が治るのは嬉しいのだが、そうしたら元の世界へ帰ってしまうかもしれないと思うと、登羽は気が気でない。

「リュカ……元の世界に帰っちゃう……？」

不安げに問うと、リュカはなにかを思案するように上向く。

『……私は登羽と、もう少し一緒にいたい。せっかくの異世界だし、登羽さえよければ、しばらく滞在してもよいな』

「ホント⁉　僕はずっとず～っとリュカにいてほしいよ！」

思わずリュカの首に両手を回して、抱きつく。

甲斐甲斐《かいがい》しく世話を焼いているうちに、既にリュカは登羽にとって大切な存在になっていたのだ。

『そうか、ではありがたく世話になろう』

リュカはいかにももったいぶった様子で、そう答えた。

飼い犬になるためには、狂犬病の予防接種をしたりワクチンを打ったりしなければならないことを説明すると、リュカは『登羽に従おう』と同意してくれた。

山埜動物クリニックで最初の予防接種を受けると、山埜に「リュカくんはまだ去勢手術受けてないね。早いうちにしておくかい？」と聞かれる。

こっそり念話で確認すると、リュカは『それだけは断固拒否する』と訴えてきたので、手術に関しては断ったのだった。


それからすぐ、登羽は中学生になり、自宅から自転車で通える近くの私立中学へと進学した。

毎朝学校に行く前と、帰ってきた夕方か夜の一日二回、登羽がリュカを連れて散歩する姿は、近所でも知られることとなり、大型犬ではあるが、お行儀がよくきちんと躾がされているリュカはすぐ子どもたちの人気者になった。

そうして三ヶ月ほどが過ぎ、登羽はもう一度、「まだうちにいてくれるの？」と聞いてみた。

いつリュカが帰ると言い出すのか、不安でたまらなかったのだ。

するとリュカは、今度も『もうしばらくは』と答える。

「そんなんじゃなくて、ずっといるって約束してよ」

思わずそう我儘《わがまま》を言ってしまってから、登羽はリュカの悲しげな瞳に気づいてはっとした。

『約束してしまうと、嘘になるかもしれない。許せ、登羽』

「……ううん、僕の方こそ、我が儘言ってごめんね」

いつ元の世界へ戻ることになるかわからないから、嘘はつけない。

リュカは誠実にそう考えているのだろう。

ならば、一緒にいられる今この時間を大切にしよう、と登羽も気持ちを切り替えた。

この頃になると、リュカは『こちらの世界のことをいろいろと学びたいのだが』と登羽のパソコンでこの国の歴史を検索してくれと言い出した。

うまく説明できるかな、と思いつつ教えてやると、リュカは登羽の手許と画面を交互に眺めながら、『ふむ……なるほど。登羽の暮らすこの日本という国は、領土が島国なのだな』などと、ぶつぶつ呟いている。

リュカはとても頭がよく、登羽といろいろ話しているうちに、あっという間に日本語も習得してしまい、すぐに念話ではなく実際に口で発音して会話することができるようになった。

人前では念話で意思疎通するが、二人きりの時は声に出して話す方が楽しい。

だが、話しているところを祖母に見られるとまずいので、登羽は「リュカが小太郎の部屋を気に入ってるから」と理由をつけ、度々別宅で過ごすようになった。

幸い、登羽たち一家が住んでいた頃から電気、ガス、水道はそのままになっていたので、二人だけの秘密基地としてなに不自由なく使うことができた。

リュカと共に別宅へ入り浸りの登羽に、祖母は多少心配しているようだったが、それでも父親を亡くしてふさぎ込んでいた時より格段に明るくなったので、リュカを引き取ってよかったと思っているらしい。

やがてテレビやパソコン、スマホなどを自在に駆使してこの世界のことを学び、次々と知識を身につけていくリュカに、登羽もつられて一緒に勉強するようになり、成績も上がった。

実際、リュカの存在は登羽にとって多くのプラス効果をもたらしたのだ。


こうして、リュカが春瀬家にやってきて数ヶ月が過ぎた頃。

登羽は時折深夜に目を覚ますと、リュカがいない時があることに気づいた。

ベッドの脇には、リュカの首輪が落ちている。

「リュカ……？」

本宅の自分の部屋を出て、別宅も覗いてみてもリュカの姿はない。

どうしよう、と心配で、初めて気づいた晩は眠れなかった。

が、夜明け近くにベッドでウトウトしていると、音もなくリュカは戻ってきた。

彼が足音を立てず、いつものように自分の隣へ横になったので、出かけたことを知られたくないんだな、と咄嗟に寝ているふりをしてしまった。

翌朝確認すると、どうやって自分で着脱したのか、ちゃんと首輪もつけている。

それから、週に一度くらいの割合で、リュカは深夜に出かけるようになった。

が、普段はそのことはおくびにも出さず、今までと変わりない生活を送っているのだ。

――リュカは、僕になにか隠してる……。

まだ信頼されていないのかな、と悲しくなったが、リュカの立場ならしかたがないと自分に言い聞かせる。

だが、彼が深夜にどこへ出かけ、なにをしているのかどうしても気になる。

なにより、首輪なしの状態でもし人に見つかったら、最悪の場合保健所に送られてしまうかもしれないというのが怖かった。

悶々《もんもん》と悩んだ末、登羽はついに彼の後を尾行してみることにした。

寝たふりをし、リュカが出かける時間帯まで起きていて、彼がベッドを下りて音もなく部屋を出ていくのを待つ。

それから急いで飛び起き、パジャマから動きやすい格好に着替え、懐中電灯を手に登羽もこっそり自宅を抜け出した。

リュカの足には到底追いつけないが、行き先の見当はついている。

懐中電灯の光を頼りに、急いで山道を登り、森へと入っていく。

深夜に森に入るのは初めてで、どこか遠くからホウホウとフクロウの鳴き声が聞こえてきた。

なんだかお化けが出そうで怖かったが、必死に堪えて先を急ぐ。

登羽が向かったのは、あの不思議な木のところだ。

リュカが行くのは、なぜかあそこしかないという確信のようなものがあった。

――っ、着いた……。

なんとか例の木の近くまで辿り着くと、リュカの足音が聞こえてきたので、登羽は咄嗟に姿勢を低くして草むらに隠れる。

こっそり覗いて様子を窺うと、リュカは大木の前に座り、鼻先を天高く掲げてなにか呪文のようなものを唱えていた。

すると、一瞬目も眩《くら》む閃光《せんこう》が走り、登羽は思わず腕で顔を庇い、目を瞑《つむ》ってしまう。

しばらくして光が収まってきたので、恐る恐る目を開けてみると、そこにはリュカの姿はなく、一人の長身の青年が立っていた。

リュカが消えて彼が現れた直後は、ぼうっと淡い光の残像のようなものがその姿を闇夜に照らし出す。

高い鼻梁《びりょう》に、まるで宝石のごとく澄みきった青の瞳。

夜闇にはためく、豪奢な深紅のマントに、濃紺と白、それに金糸で縁取られた高価そうな衣装は、まるでお伽噺《とぎばなし》に登場する王子様のようだ。

白銀に近い、癖のあるプラチナブロンドの髪を長めに伸ばした青年は、今まで見たことがないほど精悍な美男子だった。

ただ、普通の人間と違うのは、その頭に狼の耳と、腰辺りにフサフサとした尻尾がついていることだ。

――もしかして……リュカ……なの？

思わず我が目を疑うが、目の前で変身するところを目撃してしまったので、信じるしかない。

現に、青年はどことなく雰囲気がリュカに似ていた。

獣人の姿に変身すると、リュカは大木に片手を押し当て、再び魔法のような呪文を詠唱する。

すると一瞬木の幹部分が淡く光ったが、その光はすぐしぼんでしまい、それきりだった。

「やはり駄目か……」

そう独り言を呟き、リュカが残念そうに木から離れる。

と、その時。

リュカがピクリと反応し、鼻先を天へ向けて匂いを嗅ぎ始めた。

「……登羽か？」

しまった、匂いに敏感なリュカには近づいたらすぐバレてしまうのだったと、気づいてもあとのまつりだ。

観念して、登羽は隠れていた草むらから姿を現す。

「登羽……」

「勝手についていきて、ごめん……リュカ……なんだよね？」

見つかってしまったので、登羽は懐中電灯を点けてリュカの許へと歩み寄った。

「こんな夜中に、家を出たら危ないだろう。なにかあったらどうするのだ」

と、リュカはまず登羽の身を案じている。

「だって……リュカが首輪してないから、誰かに見つかって、保健所に連れていかれちゃったら大変だって思って……」

「……そうか、私の身を案じてくれたのだな。無断で家を抜け出してすまなかった」

登羽のデニムに木の葉がついているのを、リュカが軽くはたいて取ってくれた。

「今まで黙っていたが、これが本来の私の姿だ。登羽のそばにいるには狼の姿の方が都合がいいので、あの姿でいたのだ」

「やっぱり犬じゃなくて、狼だったんだ！」

「まぁな。だが今のこの国で狼を飼うのは不可能だから、犬のふりをするしかなかった」

目近で見る獣人姿のリュカは、瞳の色が宝石のような淡いブルーで、神々しいばかりの凛々《りり》しさがあり、つい見とれてしまう。

身長は、百八十センチを軽く超えているだろう。

クラスでも小柄な方の登羽は、かなり顎を上げて上を見ないといけなくなるが、彼の目を見て必死に訴える。

「ごめんね、リュカ。言いたくないことがあるのは当然だよ。リュカがいた世界についても、どこまで話していいか迷うだろうし。僕、リュカが話したくなるまで待つから」

「……私のことを、怒っていないのか？」

「怒る？　どうして？」

意味がわからなくて、登羽は首を傾げる。

「……今まで隠しごとをしていたし……狼に変身できる私のことが、気味悪くはないのか？」

「なんでそんなこと言うの？　僕にとって、リュカはとっても大事な友達だよ？」

悲しくなって項垂《うなだ》れると、リュカが大きな手で登羽の頭を撫でてくれた。

「……すまない。今まで、どこまで話せばいいのかわからなかったので迷っていたが、最初からすべて話そう。少し時間はかかるかもしれないが」

「リュカ……」

深夜の森は危険だから、とリュカに促され、二人はいったん自宅へ戻ることにする。

大木から離れる時、リュカは再び変身を解いて狼の姿に戻った。

「戻っちゃうの？」

「まだ魔力が安定しなくて、この木のそばでしか変身魔法が使えないのだ」

「そうなんだ」

なんでも、こちらの世界でも簡単な魔法は使えるらしいが、変身魔法にはそれなりの魔力が必要になるらしい。

さぁ、戻ろうと懐中電灯を手に歩き出すと、リュカが登羽に背を向けてしゃがむ。

「夜道は危ない。人がいないので、私の背に乗るがよい」

「え、いいの？　重くない？」

見ると、いつのまにかリュカは体長二メートルほどの大きさになっていた。

「え!?　リュカ、大きくなったり小さくなったりできるの!?」

やはり、初めて会った時大きく見えたのは見間違いではなかったのだ。

「これくらいの魔法ならな」

大丈夫だからと促され、登羽はおずおずとリュカの背に跨《また》がりその首に両手を回してしがみついた。

「しっかり摑まっているのだぞ」

「う、うん」

天を振り仰ぎ、一声吠えるとリュカは登羽を乗せ、その重さなどまるで感じさせない速さで風のように疾走した。

「わっ！　すごいすごい！」

夜目が利《き》かないので景色は真っ暗で見えない中、リュカはまるで暗視スコープでも装着しているかのように、軽々と岩や木などの障害物を避け、森を駆け下りていく。

その速さと躍動感は、どんな遊園地のアトラクションに乗った時よりも胸がドキドキした。

リュカのおかげで、あっという間に家に辿り着く。

寝ている祖母を起こさないよう、そっと合い鍵で家の中へ入り、なんとか見つからずに登羽の部屋まで戻った。

「お祖母ちゃんに気づかれなくてよかったね」

生まれて初めての大冒険に、なんだかワクワクしてしまって登羽は小声ではしゃぐ。

興奮がまだ冷めやらず、とても眠れる状態ではなかったが、明日も学校があるのだろう、とりユカに言われ、渋々パジャマへ着替えてベッドに戻った。

「あの大木のことを、登羽はどこまで知っているのだ？」

いつものように、登羽の隣に添い寝しながら、リュカがそう問う。

この時にはもう、いつものベットに寝れるほどの大きさに戻っている。

春先ではあったが、夜中に外へ出て冷えただろうと、リュカは自分の腹の下に登羽の両足を入れさせ、温めてくれた。

「えっと……お祖母ちゃんから聞いたことくらいしか知らないけど」

と、登羽は春瀬家が先祖代々、あの大木を大切に守り続けてきたことをリュカに話して聞かせる。

「そうか。あの大木は我が故郷、人狼国とこちらの世界にそれぞれ五百年ほど前に植えられた、対《つい》の大樹《たいじゅ》という」

「対の大樹……？」

初めて聞く単語に、登羽は首を傾げる。

「あの木は、やっぱり特別な木なの？」

「私も、代々王家に伝わる伝承として幼い頃から両親に聞かされてきた、昔語りでしか知らないのだが」

昔々、その昔。

今から約五百年ほど前。

リュカの暮らす異世界と、この春瀬家所有の森の空間が偶然繋がり、当時の人狼国の王子が事故でこちらの世界へ飛ばされたことから物語は始まった。

突然、見知らぬ異世界へ放り出されてしまった王子は混乱したが、そこへ森に薬草を摘みにやってきた若い娘と出会った。

見たこともない衣装を着た外国人と思ったのか、娘は最初こそ警戒したが王子は礼儀正しく接し、ここはどこなのかと尋ねた。

王子はリュカと同じく魔法を使えたので、翻訳魔法でいろいろ話をするうちに、若い二人は恋に落ち、やがて深く愛し合うようになった。

だが、生きる世界が違う二人が結ばれることはなく、それぞれの世界で生きることに。

元の世界に戻る際、王子は対の大樹をこちらの世界にも残し、娘はその木を王子だと思って大切に育てた。

二人の悲恋はそれぞれの子孫に語り継がれ、リュカは王室に伝わるその伝承を聞いて育ったというのだ。

「対の大樹は、五百年前に偶然繋がった異空間の場所に植えられた。元々対の大樹は我が王家の象徴ともいわれる大切な木なのだ。その種をこちらの世界に植えたというだけで、王子がどれほどその娘を愛していたかわかる。幼い頃から二人の物語を聞かされ、見知らぬ異世界とはどんなところなのだろうと、想像に胸を膨らませたものだ」

リュカの話によれば、人狼国側の大樹にも異変が起き、年々縮小していっているらしい。

「え、ホント？　お祖母ちゃんも、ご先祖様からだんだんあの木が小さくなってるって聞いてるみたいだよ」

「異世界にあっても、対の大樹同士はリンクしていて、同じ運命を辿るのかもしれない。あれは王家の象徴である大切なものなので、対の大樹を失うことは国民の信頼を失う事態に繋がるのだ」

なんとかして消滅を食い止めたいと、リュカは人狼国側からあれこれ対の大樹を調査している最中、なぜか突然時空の裂け目が開いて、気づいたら狼の姿で高い地点から落下し、なんとか受け身を取ったが捻挫は免《まぬが》れなかった。

そして、痛みに苦しんでいると登羽が目の前に現れたのだという。

原因が表裏一体に繋がっている人間界側の大樹にあるかもしれないということで、リュカはひそかに木を調査していたのだ。

「だからリュカは、あの木を調べてたんだね」

と、登羽は彼の話に納得する。

もしかしたら、リュカが元の世界へ戻るには、あの対の大樹の力が必要なのかもしれない。

「なんで最初から言ってくれなかったの？　僕じゃ力になれないかもしれないけど、リュカのためなら、なんでも協力するよ！　一緒にあの木に起こってることを調べようよ」

「登羽……」

「僕たち、もう家族だろ？」

と、登羽はにっこりする。

自分でも不思議なほど、登羽はリュカの変身を見ても彼に対する気持ちは今までとなにも変わらなかった。

逆に、彼の役に立てるなら、なんでも手伝いたいと思った。

――でも、もしあの木の謎が解けたら、リュカは元の世界に帰っちゃうんだよね……。

それは寂しいなと思ったが、今はなによりリュカの助けになりたい気持ちの方が強かった。

「あ、そういえば人間になったリュカって背が高かったよね。いいなぁ、僕も大きくなったら背が高くなれるかな」

さきほど見たリュカの姿を思い出し、羨ましくなる。

「すっごい王子様みたいだなって思ったら、本物の王子様だったんだね、リュカ」

「人狼国では、大抵の者は獣人タイプの見た目で耳と尻尾が特徴的だ。王族と魔法を操れる者だけが完全体の狼に変身できるのだ」

リュカの話では、元の世界にいる時は獣人体の方が多いが、こちらの世界に投げ出されてからはなぜか狼の姿にしかなれないのだという。

何度かこっそり家を抜け出して対の大樹の許に通い、己の魔力を与えてみたが、リュカもこちらの世界では魔力がかなり弱体化しているらしく、あまり効果はなかったらしい。

「何度か続けて、ようやくあの木のそばでなら獣人体に変身できるようになったのだ」

「そしたら、やっぱりあの木のことをもっとよく調べなきゃだよね」

「対の大樹の消滅を食い止め、あの木から魔力を分け与えてもらえれば、ずっと獣人体でいることもできるかもしれないが……」

「リュカって人間でいうと何歳くらいなの？」

聞けば、人狼国の人々の寿命は奇しくも人間と同じくらいらしく、成人は十八歳だという。

「私は今年十六になったばかりだ」

「そうなんだ～。じゃ、リュカのが四歳お兄ちゃんだね」

話をしているうちに、冷えていた足もぬくぬくとしてきて、少し眠くなってきた。

登羽はいつものように、リュカの首に腕をかけて彼の首許に顔を寄せて目を閉じた。

すると、それを察したのか、リュカが「おやすみ、登羽」と言ってくれる。

「うん……明日も学校から帰ってきたら、一緒に対の大樹に行こうね」

「ああ」

「おやすみ……リュカ……」

ウトウトと、心地よい眠りに誘われかけると、

「……異世界人との恋は、悲恋に終わると、伝承でいやというほど聞かされて育ってきたではないか。まさか、そんなことが……あるはずが……」

――リュカ……？

リュカが、低く独り言を呟くのが聞こえたような気がしたが、登羽はそのまま深い眠りへと落ちていったのだった。

それからは、登羽が中学から下校すると、毎日連れだって対の大樹の許へ通った。

「リュカ、リュカ！　すっごくいいこと聞いたよ！　音楽を聴かせると植物が成長するんだって！」

学校の授業で習ったことを嬉々として報告し、登羽はスマホを取り出す。

クラシックがより効果があるらしいので、あれこれ曲をダウンロードしておき、スピーカーにして対の大樹に聴かせた。

「いい曲だ」

「今まであんまり聴いたことなかったけど、クラシックもいいもんだね」

二人で対の大樹に寄りかかり、一緒に音楽へ耳を傾ける。

そのほかにも、いい肥料があればお小遣いを貯めて取り寄せて根元に撒いたりと、思いつく限りのことはすべて試してみた。

リュカは対の大樹へ行く度に獣人体への変身を続け、魔力の回復に努め、登羽はそれを見守った。

元の世界では、リュカは右に出る者がいないくらいの上位魔法の遣い手だったらしいが、その能力はかなり制限され、こちらではまだ簡単な魔法しか使えないようだ。

自宅では今まで通り、『登羽の飼い犬』として生活しているので、祖母にもバレないように気をつける。

登羽が学校へ行っている間、リュカは一人で別宅にこもり、こちらの世界のことをいろいろ勉強しているようだった。

リュカが魔法を使えるなんて、ワクワクする。

登羽は、早く対の大樹が復活し、リュカも元通り自由に魔法が使えるようになればいいなと思った。


「リュカ〜、シャワーするよ〜」

そう声をかけると、リュカは尻尾を振り振り、いそいそとバスルームへやってくる。

リュカは綺麗好きなので、毎日シャワーを浴びたがるのだ。

だが、登羽が一緒に入ろうと誘っても、「いや、それはモラルに反する」と、なぜか頑として拒否するのだが。

なので、いつも登羽は服を着たまま綺麗に身体を洗ってやり、ドライヤーをかけて自慢の毛並みをフサフサに仕上げてやる。

「なんで一緒にお風呂入りたくないの？」

「入りたくないわけではない。むしろ逆だ」

「⁇」

リュカはときどき訳がわからないことを言うなぁ、と思いつつ、登羽はブラシで毛並みを整えてやる。

「はい、できた！　次は歯磨きね」

登羽がリュカ専用の歯ブラシを手にすると、リュカは心得たように登羽の膝の上に頭を乗せ、ゴロンと仰向けになる。

あ～んと口を開けさせ、丁寧に歯ブラシをかけてやると、リュカは実に嬉しそうだ。

「リュカってさ、魔法使って部屋の毛の掃除とか、散歩中のトイレの後始末とか手間なことはぜんぶさらっと自分でやっちゃうくせに、お風呂と歯磨きはいいんだ？　これも魔法でできるんじゃないの？」

「これは登羽にしてもらう方が心地よいから、いいのだ」

「なんだそれ」

勝手な言い分に、思わず笑ってしまう。

だが、登羽もリュカと過ごすこの時間が大好きなので、やらなくていいと言われると寂しいから嬉しかった。

身繕いが終わると、リュカが心得たようにゴロリと横になって腹を見せたので、登羽は思う存分洗いたての毛並みに顔を埋め、リュカを吸う。

「はぁ、いい匂い。肉球もプニプニしていい？」

「いいぞ」

許可をもらい、喜び勇んでリュカの肉球を触りまくった。

リュカも登羽の匂いが大好きらしく、学校に行っている間は登羽の私服を山積みにしてそこに寝転んだりしている。

とはいえ、一応気は遣っているらしく、抜け毛などは掃除が大変だろうと、マメに魔法で一掃しているようだ。

妙なところで律儀なリュカだ。

二人してじゃれ合っていると、祖母が別宅へ入ってきたらしく、顔を覗かせる。

「あ、お祖母ちゃん、どうしたの？」

「ああ、登羽。私のエメラルドのブローチ、見かけなかった？　本宅を探してみたんだけど、見つからないんで、こないだこっちへ来た時に落としたのかと思って」

エメラルドのブローチというのは、今は亡き祖父が最初の結婚記念日に祖母へプレゼントしてくれたものだ。

祖母が、それを大切にしていたのを知っていた登羽は、素早く念話でリュカに事情を説明する。

するとリュカは、祖母の足許でクンクンと匂いを嗅ぐと、別宅内を歩き始めた。

「リュカ、なにをしているの？」

祖母が不思議そうに声をかけるが、おかまいなしだ。

ややあって、別宅のリビングのソファーに辿り着くと、リュカは鼻先でソファーの足許を指し示す。

登羽がソファーを移動させると、下の隙間《すきま》からエメラルドのブローチが出てきた。

「あった！　お祖母ちゃん、リュカがブローチ見つけてくれたよ！」

「まぁ、本当。すごいわ、リュカ、ありがとう」

こんなところに落ちていたのね、と祖母は嬉しそうにブローチを受け取り、リュカの頭を撫でる。

「前から思っていたけど、リュカはとても賢いし、まるで人間の言葉がわかるみたいね」

図星を指され、二人は思わずドキリとして顔を見合わせてしまう。

「そ、そうだよね！　リュカはすっごく頭がいいんだ！　自慢の家族だよねっ」

登羽が急いでそう誤魔化すと、祖母も「そうね、リュカがうちに来てくれて、登羽も明るくなったし、本当によかったわね」と同意してくれた。

その時、祖母からなんだか疲れているような匂いがして、登羽は少し心配になる。

なにがどう、と説明するのは難しいのだが、登羽の、こうした匂いから察知する違和感はかなり当たるのだ。

「お祖母ちゃん、疲れてるんじゃない？　仕事、忙しいの？」

「そうね、でも大したことはないのよ。次の週末はゆっくりしようかしら」

「そうだよ、無理しないでちゃんと休んでね。お掃除とか洗濯とか、僕がやるから！」

「まぁ、ありがとう。ふふ、登羽もそんなことを言ってくれるくらい大きくなったのね」

と、祖母が感慨深い表情になる。

――そんなの、当たり前だよ。だってお祖母ちゃんとリュカは、僕の大事な家族なんだもの。

両親との縁は薄かったが、今は大好きな家族と暮らせて、登羽はしあわせだった。

◇　◇　◇

そうこうするうち、数年が経過し。

登羽は無事高校受験で志望校に合格し、電車で数駅の距離にある県立高校へ入学した。

バスと電車で、通学に往復二時間ほどかかるため、今までより忙しくなってしまったが、リュカとの対の大樹通いは続けている。

二人の努力は少しずつ実り、対の大樹の縮小は今のところ押しとどめられていた。

リュカの魔力も時間をかけてじょじょに復活し、対の大樹のそばでなくても獣人体に変身できるようになった。

が、やはり自宅に見知らぬ外国人がいるのもまずいので、家での変身は極力控えている。

そんな中、ある日突然春瀬家に再び不運が舞い込んできた。

登羽が、合格した高校に新入生として迎えられ、入学式が終わったばかりの頃だ。

仕事中、祖母が突然脳出血で倒れたのだ。

「え……入院……？」

リュカは病院へ連れていけないので、一人で電車とバスを乗り継ぎ祖母が運び込まれた大学病院へ駆けつけた登羽は、ショックに打ちひしがれて家に戻ってきた。

「登羽、静子殿の容態はどうなのだ？」

「……すぐ手術で、当分入院する必要があるんだって」

かろうじてそれだけ伝えると、それまで必死に堪えてきた涙が溢《あふ》れてくる。

祖母は社長という立場上、以前からかなり多忙だったので、今までの無理が祟《たた》ったのかもしれない。

「お祖母ちゃんが死んじゃったら、どうしよう……リュカぁ……っ」

不安でたまらなくて。

登羽は、リュカの首にしがみついて泣き出す。

「大丈夫だ、私がついている」

そんな登羽を宥《なだ》めるように、リュカは頬を擦《す》り寄せてくる。

そのフワフワとした、大好きな感触とリュカの匂いに、登羽は少し落ち着いてきた。

「……でね、お祖母ちゃんがね……」

どうやら祖母の病状だと、手術の後に約三ヶ月間の入院と、リハビリ施設で同じく三ヶ月ほどの療養が必要らしい。

さすがに長いので、祖母が入院とリハビリ施設にいる間、登羽は遠縁の家に預けられるかもしれないことを打ち明ける。

「僕は平気だって言ったんだけど、まだ高校生になったばかりだから家に一人で置いておくのが心配なんだって。そしたらリュカとも離れ離れになっちゃう……そんなの、やだよ……っ」

今、登羽の胸の中は、父を失った時の恐怖もよみがえってきて再び涙が溢れてくる。

両親が離婚し、母がこの家を出ていった時。

父が病気で亡くなった時。

そして、今度は祖母の入院。

こうして、家族はいつも一人、また一人と自分のそばから離れていってしまうのだ。

リュカにしがみついたまま、声を殺して泣いていると、

「……わかった。私がなんとかしよう」

ふいに、リュカが呟く。

「なんとかって……？　どうするの？」

「今年、私はこの国の基準でも成人になる。静子殿の不在の間、私が登羽の保護者になればいいのだ」

「……ええっ!?」

「二、三日時間をくれ。私が静子殿を説得する」

と、リュカは驚く登羽を尻目にそう宣言したのだった。

そして、三日後。

「用意できた？　リュカ」

「問題ない」

どれどれと覗いてみると、きちんとネクタイを締めたスーツ姿のリュカが「似合うか？」と聞いてくる。

「……うん、すっごくよく似合ってるよ！　まるで外国のスーパーモデルみたい」

プラチナブロンドで長身のリュカが、上質なスーツをまとうと、本当にグラビア雑誌から抜け出してきたような雰囲気で、登羽は思わず見とれてしまう。

登羽にはいつもの狼の耳と尻尾は見えているが、ほかの者には尻尾は見えず、耳は普通の人間の耳に見えるように目眩《めくら》ましの魔法がかけてあるらしい。

「人間の正装というのは、窮屈なものだな。だが、これもＴＰＯとやらのためだ。致し方ない」

と、リュカは上機嫌で上着の内ポケットからスマホを取り出してみせる。

猶予をくれと言ったその間に、リュカは魔法の力を使って『リック・春瀬』という二十歳の男性の偽造戸籍を作成し、まんまと『登羽の遠縁で父親がアメリカ人のハーフ』の設定を用意してきた。

「この国では、成人すれば未成年の保護者になれるのであろう？　大船に乗ったつもりでいろ」

今までさまざまな知識を得てきたリュカは、日本で暮らす一成人男性としての常識を身につけているので、登羽の保護者役は可能かもしれない。

それでもまだ、登羽には不安があった。

「お祖母ちゃん、信じてくれるかなぁ？」

「私に任せておけ」

こうして、二人は祖母が入院する大学病院へと向かった。

祖母がいる個室のドアをノックすると、中から応答がある。

ドアを開けると、ベッドに横になっていた祖母が上体を起こした。

「お祖母ちゃん、無理しないで。寝てていいよ」

慌てて手を貸そうとすると、祖母は「そんなに心配しなくても大丈夫よ」と微笑む。

それもすべて、自分を不安にさせないために無理をしているのかもしれない、と思うと、登羽は胸が痛んだ。

「ちょうどよかったわ。これから、こないだ話した遠縁の方がいらっしゃるのよ。紹介するから……」

そう言いかけ、祖母は登羽の背後にいたリュカに気づいて言葉を止める。

「あら……登羽、こちらの方は？」

祖母に問われ、登羽が答えようとするより先に、リュカが一歩前へ進み出た。

「静子殿にはいつも世話になっている。私はリュカだ」

――――リュカってば、なんてドストレートな……っ！

あまりの直球勝負に、登羽はハラハラしながら見守るしかない。

「え……リュカ？　え？」

祖母は困惑のあまり、登羽とリュカを交互に見つめている。

「信じられないならば、今ここで変身してみせよう」

リュカがそう言い出したので、登羽は急いで個室の入り口のドアを閉めてくる。

看護師や他の患者に見られてしまったら、大変だ。

するとリュカは、一瞬にして狼の姿に変身した。

「あらあら、まぁ……っ！」

これにはさすがに驚いたのか、祖母は言葉も出ない様子だ。

「本当にリュカ……なの？」

再び一瞬にしてスーツ姿の人間に戻ったリュカは、鷹揚《おうよう》に頷いた。

「驚くのも無理はない。私は人狼で、獣人にも狼にも変身できる。今までは故あって狼の姿でいたが、此度は登羽の保護者となるべく人の姿で暮らすこととした」

と、リュカは、驚きのあまり声もない祖母に向かって、てきぱきと説明を開始した。

『リック・春瀬』は、春瀬家遠縁でアメリカ人の父を持ち、今回日本文化を学ぶために来日。

春瀬家に居候して登羽の面倒を見ながら、祖母の仕事も手伝う二十歳の青年という設定と、偽造戸籍まで用意していることを、リュカは静子に説明した。

「この国では成人していれば、未成年の保護者になれると聞いた。登羽はあの家を離れたくないと言っている。私が責任を持って登羽を守る。だから静子殿が入院の間、登羽を親戚に預けるのは、どうか考え直してほしい」

リュカが真摯《しんし》に訴え、静子は困惑しきった表情で登羽を見た。

「登羽も、リュカと同じ気持ちなの？」

「……うん。手術前なのに、びっくりさせちゃってごめんなさい……でも、僕はあの家でお祖母ちゃんが帰ってくるのを、リュカと待ちたいんだ。お願い……！」

登羽も、必死にそう頼み、ぺこりと頭を下げる。

祖母はまだ困惑している様子だったが、やがてため息をついた。

「初めて会った時から、普通の犬じゃない気はしていたんだけど……ああ、まだ夢を見てるみたいだわ……」

「今まで隠していてすまなかった。変身できると知られたら、気味悪がられて家には置いてもらえなくなると思ったのだ」

リュカが罪悪感を抱えながら詫《わ》びると、静子は微笑む。

「そんなこと、あるわけないじゃないの。リュカはもうとっくに、私たちの家族なんだから」

「静子殿……」

「まだすべてを理解してるわけじゃないけれど、あなたが家族であることに変わりはないわ。改めて、登羽のことをよろしくお願いね」

「うむ、登羽の面倒は、この私が責任を持って見よう。安心して養生するがよい」

「まぁ、リュカったらどこかの国の王子様みたいな話し方ね」

「……その通り、王子様なんだ、リュカは」

「え？」

そこで登羽が、リュカがあの対の大樹を通して異世界からやってきた、人狼国の王子だと説明すると、さらに祖母を驚かせてしまったのだった。


とりあえず祖母はリュカが人間として生活できることを信じてくれ、登羽を遠縁に預ける話は白紙に戻してくれた。

一応、祖母の会社の顧問弁護士を後見人として登羽につけ、定期的に訪問してちゃんと暮らしているか観察を受けるのが条件だったが、リュカと家に残れるようになって登羽はほっとした。

「静子殿を安心させるよう、きちんと生活せねばならないな」

「そうだね」

「私は登羽の保護者なのだからな。今後は私の言うことをよく聞くように」

「なんだよ、急に年上ぶっちゃって」

「当然だ。私は登羽より年長、すなわちお兄さんなのだからな」

と、リュカはやけに張り切っている。

「規則正しい生活……は普段から送っているからな。ふむ……そうだ、これから登羽が学校から帰ったら勉強の時間をきちんと決めて、それが終わってからゲームの時間としよう」

――わ～、なんだかお祖母ちゃんより面倒くさそう……！

内心そう思ったものの、人間のリュカとの新生活はどんなだろうと想像すると、登羽もこれからが楽しみになるのだった。


こうして祖母が入院中の間、登羽とリュカの二人暮らしが始まった。

問題なのは、今までの「犬」としてのリュカと「人間」のリュカが同時に存在できないことだ。

毎朝毎晩、登羽が「犬」のリュカと散歩するのはご近所中が知っているので、こちらは欠かさず続けることにする。

もちろん、引き続き動物クリニックでの検診もちゃんと受けていた。

日中にリュカはほとんど「人間」として過ごすようになったので、「犬」のリュカは朝晩の散歩時のみしか目撃されなくなったが、もともと春瀬家の敷地が広く、外部から見られることはないので、問題はないだろう。

リュカは規則正しい生活と栄養ある食生活を登羽に送らせねばと張り切り、今度は料理に凝り始めた。

ネットでレシピを検索し、あれこれ作ってくれる。

なにをやらせても器用なリュカは、瞬く間に料理の腕を上げていった。

「ただいま！」

学校からまっすぐ帰宅すると、エプロン姿のリュカが玄関先まで出迎えてくれる。

「お帰り、登羽」

リュカは鼻がいいので、登羽が近くにいると匂いでわかるらしく、いつも少し早くから待ち構えているのだ。

「今日の晩ご飯は、僕の大好きなクリームシチューだね！」

同じく、鼻がいい登羽も家のだいぶ手前から、匂いだけで夕食のメニューを言い当てた。

「大当たりだ」

「やった！」

「早く手を洗って、着替えてくるがよい」

リュカのクリームシチューは、ホワイトソースもバターと小麦粉から炒めて作った本格派だ。

白菜や玉葱、人参などの野菜がたっぷり入っていて、大きな鶏肉の塊《かたまり》がホロホロと崩れるほど柔らかく煮込まれておりとてもおいしい。

登羽の大好物なのだ。

「いただきます！」

言われた通り、手洗いを済ませて制服のブレザーから普段着に着替えると、元気に挨拶をして、空腹だった登羽はシチューを頬張る。

「今日もすっごくおいしいよ。ホント、リュカってなんでもできちゃうよね。すごいや」

「こちらの世界の文化が物珍しいだけだ。私の国とは生活スタイルもなにもかも違って、とても興味深いからいくらでも学びたくなるのだ」

おいし過ぎてあっという間に平らげ、お代わりした登羽へ、リュカが大盛りで二杯目をよそってくれる。

「パンもおいしい」

「そうか。たくさん食べるがよい」

ついにはホームベーカリーでパンまで焼き始めた、凝り性のリュカである。

登羽が高校に通っている間、リュカはパソコンで株取引をしたり、引き続きこちらの世界についての勉強も怠《おこた》らず、その合間に家事をこなしたりと、忙しく過ごしているようだ。

不動産業はマンションやアパートの管理物件の草むしりなどの雑用も多く、登羽もよく手伝っているのだが、祖母が入院中なのでリュカはそうした細々とした雑事も引き受けてくれていた。

初めは、ずっと狼の彼と過ごしてきたので、人間の姿の彼との生活は違和感があるのでは、と多少不安だったのだが、まったく無用の心配で、二人暮らしは驚くほど順調で快適だった。

リュカの、この世界への馴染みっぷりも凄まじく、偽造戸籍で開設した、彼名義の貯金通帳の残高が、いつのまにか家を一軒買えるほどのとんでもない金額になっていて、仰天したのもつい最近だ。

リュカに言わせると、『コツを掴んでしまえば金儲けなど簡単なこと』らしい。

こうしてすっかり異世界ライフを満喫しているリュカだが、登羽はまだ時折不安に駆られる時がある。

――もし対の大樹の消滅を食い止めて、魔力が完全に戻ったら、リュカは元の世界に帰っちゃうのかな……。

「出会った頃は小学生だった登羽も、もう高校生か。早いものだ」

そんな登羽の心配をよそに、モリモリ食べる姿を微笑ましく見守っていたリュカが、感慨深げにそう呟く。

登羽は成績がいいので、県外にある名門私立校も合格できると教師から勧められたのだが、なるべく自宅から通える距離がいいからと、地元の高校を選んだのだ。

「部活動とやらには、なにか入るのか？」

「う〜ん、別にやりたいのもないし、早く家に帰ってリュカと対の大樹へ行きたいから入らないと思う」

なにげなく答えると、リュカの表情がわずかに曇る。

「……私に気を遣っているなら、登羽の好きなことをやってほしい。私は登羽に負担をかけたくはないのだ」

「負担とかじゃ、ぜんぜんないって！　僕がそうしたいから、してるだけ」

だって、リュカと一緒にいるのが一番楽しいから。

心の中で、そう呟く。

「さ、早く食べて対の大樹に行こう！」

平日はこうして夕飯を食べた後、数日置きに対の大樹の許へ向かう。

夜八時過ぎ、二人で家を出ると、偶然ビニール袋を提げて道を歩いていた山埜と鉢合わせした。

「あ、山埜先生。こんばんは」

「やぁ、こんばんは。登羽くんに、ええっと……」

「リックです。コンバンハです」

来日したばかりの外国人のふりで、故意に片言の日本語でリュカが挨拶する。

山埜も、『春瀬家の遠縁で現在居候中のリック』の存在は登羽が話していたので知っていたが、実際会うのは初めてだ。

——狼のリュカと同一人物だなんて、バレないよね……？

大丈夫だと思いつつも、内心ドキドキの登羽だ。

「リックさんか、初めまして。いつも静子さんと登羽くんにはお世話になってます」

「そんな、お世話になってるのはこっちの方だよ、先生」

たくさん林檎をいただいたから、おすそ分けだとビニール袋を差し出されたので、登羽はお礼を言って受け取る。

どうやら祖母が不在なので、心配して様子を見に来てくれたようだ。

「そういえばリュカくんは？　元気かい？」

「う、うん、今日はもうお散歩は済んだから家でお留守番なんだ」

「そうか。次の定期検診、忘れずにね」

そう言って、山埜はすぐ帰っていったのでほっとする。

「先生にバレなくて、よかったね」

「私はそんなヘマはしないぞ」

そんな話をしながら、いったん林檎を置きに家へ戻り、改めて森へと向かう。

今の時期はまだ夜は肌寒いので、魔法瓶に温かいコーヒーを淹《い》れて持っていき、リュカが対の大樹に魔力を注いだ後、二人でコーヒーを飲みながら満天の星空を眺める時間が、登羽は大好きなのだ。

出会った頃から、数えきれないくらい一緒に星を眺めてきたので、最近では星座にも興味が涌いて、あれはこぐま座、あっちは蛇遣い座《へびつかいざ》だと図鑑と照らし合わせながら楽しんでいる。

春の夜はまだ冷えるが、持参してきたブランケットを膝にかけ、狼に変身したリュカとくっついていると寒さは感じなかった。

「リュカ」

「ん？」

「肉球、触ってもいい？」

「いいぞ」

　言われ慣れているため、リュカが慣れた所作で前肢を差し出してくれたので、登羽は大喜びでリュカの肉球をプニプニした。

　学校で落ち込んだり、つらいことがあったりした時など、リュカに肉球を触らせてもらうと、なんだか落ち着くのだ。

「リュカはいきなり異世界に飛ばされちゃって、つらかったり大変だったりしたと思うけど……僕はリュカが来てくれて、ホントによかった」

「登羽……」

「大好きだよ、リュカ」

　ずっとずっと、そばにいてね。

　そう続けたかったけれど、それを口にしたらリュカを困らせてしまいそうで、登羽はかろうじて言葉を呑み込んだのだった。

「ね、リュカの国ってどんな感じなの？」

「こちらの世界に喩《たと》えるなら、近世ヨーロッパが近いな。魔法が使える者が多いので、地球のように文明は発達していない。こんな便利な家電があるなんて、こちらの世界の文化は素晴らしいな」

　最新家電が大好きなリュカは、今はお掃除ロボットがお気に入りだ。

　登羽からみれば魔法でなんでもできた方が便利だと思うのだが、魔法があるので文明が発達しなかったというのは一理あるのかもしれない。

不便さをなんとかして解消しようという欲求が、人類の文明を進化させてきたのだろう。

――この先もずっとずっと、リュカと一緒に暮らせたらいいな。

コーヒーとリュカの毛皮で暖を取りながら、登羽は心からそう思った。


「登羽、風呂が沸いたぞ。入ってくるといい」

「は～い」

リュカに言われ、登羽は入浴を済ませ、パジャマ姿でリビングへ戻る。

すると、リュカが冷たい牛乳をコップに注いで渡してくれた。

登羽がいつも風呂上がりに牛乳を飲むのを、よく知っているのだ。

最近リュカは獣人体でいることが多く、自分で入浴できるので、毎日の歯磨きや身体を洗ってやっていた日課がなくなり少し寂しい登羽だ。

「リュカを洗わなくてよくなったの、なんか寂しいな」

たまには狼になって洗わせてよ、とねだるが、「いろいろ弊害があるので却下する」と言われてしまった。

「弊害って？」

「……大人にはいろいろあるのだ」

「なんだよ、四つしか違わないのに大人ぶっちゃってさ」

そういえばリュカのいた世界では十八歳が成人らしいが、その頃から急にいろいろ一線を引かれてしまったような気がする。

登羽がむくれて唇を尖《とが》らせると、大きな手でわしゃわしゃと髪を撫でられた。

「機嫌を直せ。私もシャワーを浴びてくる」

「ん、先にベッドで待ってるね」

布団に入り、枕許のライトでスマホを弄っていると、しばらくして部屋のドアが開き、狼の姿に変身したリュカが音もなく入ってくる。

そして、いつものように登羽のベッドに飛び乗ると大きな身体を横たえ、添い寝してきた。

左が登羽、右がリュカの定位置だ。

「目によくないぞ」

「う〜ん、もうちょっとだけ」

やれやれ、しかたがない、という表情で、リュカはスマホを弄り続ける登羽の胸許に顔を擦り寄せ、目を閉じる。

抱き枕になってくれるリュカを抱きしめ、登羽はしばらくしてようやくスマホを手放した。

「ね、獣人体でお風呂入ってきたのに、なんでいつも寝る時は狼に戻るの？」

ずっと気になっていたことを質問してみると、リュカが片目だけ開けてちらりと登羽を見上げてくる。

「……私が獣人体で一緒に寝ては、その……いろいろとまずいだろう」

「え、どうして？」

「……なんでもない。こちらの世界では、狼の姿の方が魔力の消費量が少なくて楽だからだ」

「ふ～ん、そうなんだ」

抱きしめたモフモフでフカフカの毛並みに顔を埋め、登羽は満足げに目を閉じる。

「まぁ、僕は狼のリュカと寝るの大好きだから、いいんだけどね」

リュカの身体からは、自分と同じボディソープのいい香りがした。

大好きなリュカの匂いを思う存分嗅げるこの時間が、一日で一番しあわせかもしれない。

「なぁ、登羽は学校で好きな子はいないのか……？」

少しウトウトしてきたところでリュカにそう問われ、思わず目が覚めてしまう。

「な、なに急に？」

「いや、登羽くらいの年頃になると、そういうこともあるのかと思ってな」

「ないよ！　ぜんぜん」

なんだか気恥ずかしくて、ついムキになって否定してしまう。

「男の子も女の子も？」

「どっちも！」

リュカのいた世界では同性婚が法的にも認められているらしいので、リュカ自身も性別で恋愛相手を決めるという感覚はないようだ。

「……うちは両親が離婚してるからさ。よそのうちより、ちょっと複雑かも。もう彼女いる友達とかいるけど、僕はぜんぜんそんな気にはなれないんだよね」

それは、登羽の本心だった。

母は、父以外に好きな相手ができて、家を出ていった。

祖母との同居などでいろいろあったのかもしれないが、登羽はまだ幼かったので事情はよくわからない。

けれど、人の愛情というのは一生続くものではないんだなと子ども心に思い知った経験は、登羽に恋愛への苦手意識を植えつけるのに充分だったのだ。

「そうか」

なぜか、リュカが少しほっとしたように見えたので、登羽は今度は自分から聞いてみることにした。

「ね、リュカは？　元の世界に好きな人いたの……？」

「十六歳になったばかりで、こちらの世界に飛ばされてしまったからな。特定の相手はいなかった。だが、あのままあちらにいたら、成人した際父上が決めた相手と結婚していただろう」

「え……？」

初めて聞く話に、登羽は思わず上半身を起こしてしまう。

「それって、政略結婚ってこと……？　リュカの好きな人とは結婚できないの？」

「王族とは、そういうものなのだ。大体が国益になる相手と婚姻関係を結ぶ」

「……そうなんだ」

なんだか胸がチクチクしてきて、登羽はパジャマの上から無意識のうちに胸許を押さえた。

――なんだろう、この気持ちは……？

なぜこんなにモヤモヤするのか自分でもわからず、首を傾げる。

「だが、私が行方不明になってしまったから、今は第二王子のエミールが王太子となっているだろう。私より八つ年下なのだが、大きくなっただろうな」

弟の成長した姿を思い描いているのか、リュカが少し遠い目をする。

それを聞くと、やはりリュカは元の世界に帰りたいのかなと気になった。

「ね、リュカ……」

「ん？」

「……やっぱり、なんでもない」

聞いて、そうだと言われたら悲しくなってしまいそうだったので、登羽はそう誤魔化してリュカの首に抱きつく。

「そういえば、リュカの誕生日っていつ？」

「うむ……こちらの世界とは暦《こよみ》や時間の流れが若干異なるからな。厳密に何日と言うのは難しい」

「そうなんだ」

少し考え、登羽は自分の思いつきにベッドから跳ね起きる。

「じゃあさ、リュカも人間として生活することになったし、僕らが初めて出会った、クリスマスイブを誕生日ってことにしようよ！　リュカの誕生日とクリスマスを、毎年一緒にお祝いしよう。ね？」

「それは名案だ」

リュカも嬉しそうだったので、登羽もにっこりする。

「明日は学校休みだから、朝から対の大樹に会いに行こうね」

「ああ、ランチに、登羽の好きな玉子のサンドイッチを作って持っていこう」

「やったぁ！　リュカ大好き！」

「……私も、大好きだぞ」

と、リュカが頬に鼻チューーしてくる。

その、少し濡れていてくすぐったい感触が、登羽は好きだった。

少なくとも、今リュカは自分のそばにいてくれる。

そう思うとほっとして、眠気が襲ってきた。

「おやすみ……リュカ」

「おやすみ、登羽」

モフモフのリュカの首に抱きつくように、目を閉じる。

ほっとできる感触に包まれ、睡魔はすぐやってきたが、

「やれやれ……人の気も知らないで」

眠りに落ちる寸前、ため息交じりのリュカの呟きが聞こえたような気がした。

◇　◇　◇

結局祖母の入院は半年近くかかり、その後もリハビリ施設での経過が思わしくなく長引き、家に戻れるまで一年弱かかってしまった。

いよいよリハビリ施設から退院する、その日。

登羽は高校の授業を終えると、終業ベルが鳴った瞬間に教室を飛び出す。

教室の窓から、正門前に停まっている車が見えたからだ。

走って正門を出ると、そこには左ハンドルの高級外国車に寄りかかり、人待ち顔で立っているリュカの姿があった。

ラフなシャツにデニムという軽装だが、モデルと見まがうほどの美貌とそのスタイルの良さに、下校し始めた女子生徒たちが振り返ってリュカを見つめている。

「誰、あの人？　すっごい美形！」

「日本語通じるかな？　声かけちゃう？」

そんなひそひそ話が聞こえてきて、登羽は急いで彼の許に駆け寄った。

「リュカ！　お待たせ」

祖母が入院している間、見舞いに行く登羽を送り迎えするために、なんとリュカは教習所へ通って運転免許を取得したのだ。

この車も、登羽がなんとなく雑誌で見かけて「格好いいね」と言っただけなのに、数百万もする高級車をポンと買ってしまったのだから驚きだ。

リュカ名義の株取引では、その後も相当な利益を出しているらしく、彼の資産は既に九桁近くになっていた。

あっさり、「登羽の好きに使っていいぞ」と言われているが、とんでもないと辞退している。

「ぜんぜん待っていないぞ。さぁ、行くか」

と、リュカは大きな手で登羽の頭を撫でてきた。

周囲の注目を一斉に集めているのが少しだけ誇らしい気分で、登羽は助手席に乗り込む。

――リュカ、すっかりこっちでの生活に馴染んでるな……。

走り出した車内で、ハンドルを握る彼の横顔を、助手席から眺めながら、登羽はそんな感慨に耽《ふけ》る。

「今夜の夕食には、ブイヤベースを仕込んでおいた。静子殿は海鮮が好きだからな」

「お祖母ちゃん、きっと喜ぶよ」

今日は静子の退院祝いパーティーをしようと、リュカは数日前からあれこれメニューを考えていてくれたのだ。

既にケーキも買ったし、準備は万端だ。

こうして二人で祖母を迎えに行き、久しぶりに三人で家へ戻った。

「ただいま、ああ、やっぱり我が家は落ち着くわね」

久々に自宅に戻った祖母が、感慨深げにそう感想を漏らす。

「お祖母ちゃんはゆっくりしてて。すぐできるからね」

と、登羽は張り切ってリュカを手伝い、パーティーの仕度をする。

「それでは、お祖母ちゃんの退院を祝して、乾杯！」

登羽の音頭で、三人は林檎《りんご》ジュースで祝杯を挙げた。

未成年の登羽は当然として、少々嗜《たしな》む祖母も今はまだアルコールはドクターストップ中、リュカも飲めるが今回は祖母に付き合って全員ノンアルコールということになったのだ。

その分、奮発して高級な林檎ジュースを取り寄せたので、まるで果実をそのまま囓っているかのような濃厚な甘みが実においしかった。

リュカが作ってくれたブイヤベースには、立派な有頭の車海老やアサリ、鱈《たら》など海鮮が具だくさん入っており実に豪華で、キッチンから運ばれてきた時には思わず登羽と静子から歓声が上がった。

「わ、すっごくおいしそう！　いただきます！」

登羽は、嬉々としてご馳走にかぶりつく。

「う～ん、スープにもよく海鮮の出汁《だし》が出てて、めっちゃおいしい！　リュカのお料理、最高！」

「それはよかった」

テーブルに並んだご馳走は、退院したての祖母のために、なるべく消化が良く栄養のあるメニューを考えてくれたのがよくわかる。

なにより祖母と自分を大切にしてくれるリュカに、登羽は心から感謝した。

「本当においしいわ。リュカはお料理も上手なのね」

静子も、嬉しそうに料理を味わってからリュカへ向かって頭を下げる。

「リュカ、私がいない間、登羽の面倒を見てくれて本当にありがとう。おかげで安心して養生できたわ」

登羽の成績も上がったしね、と静子は茶化して付け加える。

そう、リュカとの二人暮らしを認めてもらうために、登羽も家の手伝いや勉強を頑張ったのだ。

祖母が言うには、社長である彼女が不在の間、リュカが大変な雑用なども一手に引き受けてくれたと、社員たちが口を極めて褒めていたらしい。

リュカが褒められると、登羽も我がことのように嬉しくなる。

「私も、二人には救ってもらった恩がある。少しでも恩返しができたなら、よかった」

と、リュカも嬉しそうだ。

「これからも、リハビリをちゃんと続けて、毎日お散歩して体力をつけなきゃね」

「静子殿の散歩には、私が同行しよう」

「あら、嬉しいわ。ありがとね、リュカ」

「当然だ。静子殿には健康で長生きしてもらわなければ困るからな」

リュカがそんな風に思うのは、祖母の入院前、自分が取り乱して泣いたことがあったからかもしれないな、と登羽はふと思う。

——リュカは本当に優しいね。

リュカのこと、大好きだと、登羽は改めて思ったのだった。

◇　◇　◇

こうして、リュカと共に暮らす日々は楽しくて、あっという間で。

その後、静子の体調もよく、以前とほぼ変わらない生活を送れるまでに回復し、一家は平穏な生活を続けていた。

そうこうするうち、高校三年になった登羽は大学への進路を決める時期を迎えていた。

前々から考えていたのは、将来祖母の会社を継ぐために不動産関係の資格を取得できる大学に進学したらどうかということだった。

だが、不動産学部不動産学科のあるその大学は東京にあり、そこを受験するとなれば、実家を離れて下宿しなければならない。

――そうしたら、リュカと四年も離れ離れになっちゃうな……。

登羽がいまひとつ決断できなかったのは、それが一番の原因だった。

すると、ある日リュカの方から切り出された。

「登羽、東京の大学に進学したいのだろう？」

どうしてそれを知っているのだろう、と困惑していると、「共有しているパソコンの検索履歴を見たのだ」と言われ、合点がいく。

「……まだ決められないんだ。お祖母ちゃんは好きな進路を選びなさいって言ってくれてるんだけど、お祖母ちゃんの会社を存続させてあげたいっていう気持ちもあって……」

両親との縁が薄かった登羽にとって、リュカと出会う前まで祖母はたった一人の家族だったのだ。

会社なんて無理に継がなくていいのよ、と折に触れて言われるが、本心では自分に継いでほしいのではないかという気持ちは伝わってくる。

どう思うかとリュカに意見を求めると、既にその大学の情報をパソコンで調べ上げていたのか、

「静子殿の後を継ぐなら、最善の選択だと思う」と言われた。

リュカの態度があっさりしているように見えて、少し寂しくなってしまう。

下宿するなら賃貸のワンルーム等になるだろうし、そうなると『大型犬』のリュカと暮らすのは無理だ。

東京へ連れていくことは難しいだろう。

「私はここで、静子殿を手伝いながら登羽の帰りを待つ。安心して勉学に励んでくるがよい」

「……リュカは、僕と四年も離れて平気なの？」

ついそんな恨み言を口にしてしまうと、リュカがそっと頭を撫でてきた。

「寂しくないといえば嘘になるな。だが、登羽が決めた進路を応援したい。それに四年経てば、また共に暮らせるではないか」

「……リュカ……」

「そんな顔をするな。私も会いに行くし、登羽も休暇には戻ってくればよい」

「……うん」


リュカに背中を押してもらった登羽は、希望大学を受験し、みごと合格を勝ち取った。

そして登羽の上京が決まったため、改めて今までの設定を見直すことにする。

登羽がいなくなると「犬」のリュカの散歩も行けなくなるし、リュカも正社員として祖母の会社で働くことが決まったので、今後はほとんど人間として生活しなければならない。

さすがに、そろそろリュカの二重生活にも限界がきていたのだ。

なのでいろいろ話し合った結果、『リック・春瀬』の父親の実家がテキサスにある農場で、リュカがのびのびと暮らせるからそちらに引き取られることになったということにした。

それを山埜にも話すと、「検診で会えなくなるのは寂しいけど、大型犬のリュカくんにとっては、その方がいいかもしれないね」と祝福してくれた。

嘘をつくのは心苦しいが、やむを得ない。

こうして「犬」のリュカはいなくなり、「人間」のリュカだけで生活することとなる。

登羽の上京に際し、リュカは何度も同行して一緒に不動産会社を回って部屋を探してくれた。

仕送りをしてもらう手前、登羽はなるべく家賃が安いアパートでいいと思ったのだが、あっさり却下され、セキュリティが万全なワンルームマンションを契約されてしまう。

リュカいわく、「自分が登羽を安全な部屋に住まわせたいので、その経費に関して登羽が気にする必要はない」のだそうだ。

リュカが探してきた物件は大学から徒歩五分ほどの距離にある好立地で、まさに申し分がなかった。

「これで、春から登羽も大学生になるのだな」

無事新居へ引っ越しも終わり、最後まで手伝ってくれたリュカが帰るため、登羽は駅まで見送ることにする。

上京の準備のため、何度もN県と東京を往復していた間はリュカと常に一緒だったので、これから離れ離れになるのだと思うと、ひどく寂しくなってしまった。

離れ難くて新幹線のホームまで見送りに行くと、言葉少なになった登羽にリュカが振り返る。

「そんな顔をするな。またすぐ会いに来るから」

「すぐって、いつ……？」

つい子どものようなことを言ってしまってから、気恥ずかしさを誤魔化すためにわざとぶつかる勢いでリュカの胸に抱きつく。

「……リュカは、僕がいなくてホントに大丈夫？」

リュカが実家に残る決断をしたのも、大病をした祖母を一人にさせないためなのだとわかっているだけに、彼の思いやりがありがたく嬉しかった。

「案ずるな。もうこの世界のシステムはほぼ学習済みだ。わからないことはネットで調べればよいからな」

と、大きな手で頭を撫でられる。

彼の言う通り、運転免許まで取得したリュカは、もう一人でどこへでも行けるし、なんでもできる。

リュカ離れできていないのは自分だけだと気づき、登羽は少し反省した。

「……いろいろ手伝ってくれて、ありがと。こっちで勉強頑張るから。お祖母ちゃんのこと、よろしくね」

「ああ、任せておけ。四年などあっという間だ。オンラインで毎日話そう」

そう励まされ、ようやく笑顔で帰郷するリュカを見送ることができた。


こうして登羽の、東京でのキャンパスライフは始まったのだが、その暮らしぶりは実に堅実で真面目なものだった。

サークルなどにも勧誘されたが、生活費の足しにするバイトが最優先だったので、どこにも入らなかった。

この大学で資格をたくさん取るために上京したので、とにかく講義を受けまくり、勉強も頑張った。

バイトは時給がいい居酒屋の夜時間の面接を受けようとしたのだが、リュカに「夜、客に酒が入るところは危ないから」と反対されてしまう。

相変わらず、リュカは離れていても登羽には過保護なのだ。

リュカが心配するので、やむなくファミリーレストランのチェーン店でウェイターとして働くことにした。

賄《まかな》いも出るので、ありがたい。

少しでも節約するために、野菜炒めなど簡単な自炊もするようになった。

ぽつぽつ大学でも友人はできたが、リュカがいない生活が寂しくて、最初の頃はかなりホームシックになってしまった。

「あ〜〜〜、リュカを抱っこして寝たいよ〜〜〜」

なにより毎晩彼と一緒に寝ていたので、一人で寝るのになかなか慣れず、苦労した。

あの温もりに包まれていると、安心して悪い夢も見ずぐっすり眠れたのに。

いつもリュカに守られていたのだな、と離れていっそう痛感する。

リュカとは、ほとんど毎日のように夜眠る前、オンラインで顔を見ながら会話した。

祖母の会社で正社員となったリュカは、なにごとにおいても有能なので、最近ではますます大きな仕事を任されるようになり日々忙しいようだ。

リュカは祖母の身を案じている登羽のために、いつも彼女の様子を教えてくれるのだった。

六月十日は、登羽の十九歳の誕生日で、その日は平日で講義もバイトもあり、夜しか時間がなかったのだが、リュカは日帰りでわざわざプレゼントを持って会いに来てくれた。

「来年の誕生日も、きっと一緒に過ごそう。来年は特別な日だからな」

リュカが意味深にそう言ったが、なんのことかよくわからなかった登羽だ。

最初の夏休みが来るのが待ち遠しく、東京でのバイトもあったが日程を調整し、一週間ほど初めての里帰りをした。

「リュカ……！」

新幹線で帰宅すると、リュカが駅まで迎えに来てくれていて、登羽は嬉しさのあまり思わず抱きついてしまう。

「会いたかった……！」

「私もだ、登羽。もっとよく顔を見せてくれ」

リュカの大きな両手で頬を包み込まれるようにされると、なぜだか胸がキュンとしてしまう。

なんだろう、この気持ち。

なんだか泣き出したいような、嬉しいような、切ないような、不思議な気分だった。

「さぁ、早く家へ帰ろう。静子殿も、首を長くして待っておられるぞ」

「うん」

登羽が車の助手席に乗り込むと、その時、リュカが音量を落として点けっぱなしにしていたカーラジオが速報を告げた。

『今入りました、緊急速報をお知らせします。以前から度々話題になっていましたが、ついに日本でも同性婚が認められる法案が成立しました。来年度から、同性同士のカップルでも正式に入籍できることになりそうです』

思いがけないニュースに、二人は思わず顔を見合わせる。

「登羽、聞いたか⁉　日本でもついに同性婚が法的に認められることになったぞ！」

「ずいぶん急に決まったんだね」

自分も運転席に座ると、なぜかかなり興奮気味にリュカがラジオのボリュームを上げる。

今までパートナー制度はあったが、法的に結婚できるようになったのは同性カップルたちにとっては朗報だろう。

その急な展開には、とある一組の普通でないカップルが大きく関わっていたのだが、それはまた別のお話。

「ああ、なんという幸運だ……！　本当によかった……！」

「？　なんでリュカがそんなに喜んでるの？　誰か知り合いでも同性婚するの？」

さっぱり訳がわからなかったのでそう質問すると、はっと我に返ったのか、リュカは咳払いをして誤魔化す。

「……なんでもない」

「え？　今めっちゃ喜んでたじゃん」

「それは登羽の気のせいだ」

「はぁ⁉」

さらに追及しようとすると、リュカが強引に話題を変えてきた。

「それより、大学で友人はたくさんできたのか？」

「う～ん、まぁね」

もう、リュカに話したいことがたくさんあって、どれからにしようか迷うほどだったので、登羽も息せき切って口を開こうとすると、

「……恋人は？　できたのか？」

ふいにリュカに先に問われ、思わず咽《む》せてしまった。

「そ、そんなの、できるわけないだろ。僕、モテないし」

「そんなことはない。登羽は世界一愛らしいぞ？」

極めて真顔で言われ、こちらの方が照れてしまう。

「そんなこと思ってるのは、リュカだけだから！」

実際、サークルにも入らず、バイト三昧の生活で、たまに合コンに誘われても自分には向いてなさそうで、いつも断っていた。

これでは恋人など、できるはずもない。

「だいたいさ、彼女とかいる自分が、まったく想像できないんだよね。僕はリュカがいてくれれば、それでいいっていうか」

シートベルトをつけながら、なにげなくそう言うと、ふいに運転席からリュカが身を乗り出してくる。

「今のは、本心か？」

「え？　う、うん」

その勢いに気圧《けお》され、頷くと、リュカがつと右手を伸ばしてきた。

そして、そっと登羽の髪を掻き上げ、頬に触れてくる。

狭い車内で接近され、登羽は思わず鼓動が跳ね上がるのを感じた。

「リ、リュカ……？」

「私も、同じ気持ちだ。登羽さえいてくれれば、ほかにはなにもいらない」

目近で微笑むと、リュカはそのまま、なにごともなかったかのように自分もシートベルトをつけて車を発進させる。

――び、びっくりした……。

なんだか恋愛映画のワンシーンのようで、かなりドキドキしてしまった。

こっそりリュカの様子を窺うと、ハンドルを握るその横顔は、普段となんら変わらないように見える。

――いったい、なんなんだよ、もう。

自分ばかりがドギマギさせられ、不公平な気がして、登羽は内心むくれた。

が、リュカに話したいことがたくさんあったので、あれこれ話しかけているうちに、すぐそんな気まずさは忘れてしまったのだった。


大学生活最初の一年は、それこそ環境に慣れるのに必死なうちにあっという間に過ぎていった。

登羽は夏休みと年末に帰省し、リュカは秋頃に一度東京に会いに来てくれた。

祖母たちと正月を迎えるために年末に帰省すると、仕事納めのはずのリュカは、物件のトラブルでひどく忙しそうだった。

――この先、こうして予定が合わなくなったりして擦れ違うことが増えちゃうのかな……。

などと想像するだけで、なんとなく寂しくなる。


そうして迎えた大学二年目の、春。

登羽が春休みでバイトに勤しんでいる頃、リュカが金曜の夜の新幹線で、土日の休みを利用して二泊三日で会いに来てくれた。

「静子殿が、煮物を持たせてくれたぞ」

「わ、ありがと！」

祖母はしょっちゅう宅配便で米や野菜、簡単に食べられる食料などを送ってくれるのだが、リュカに登羽の好物の煮物や春巻き、いなり寿司などを持たせてくれたらしい。

その日はリュカが来るのでバイトを休ませてもらい、登羽は講義の後すぐ部屋へ戻って狭いワンルームを掃除し、彼が来るのを待っていた。

なにせ六畳ワンルームロフトつきの物件なので、小さなテーブルとビーズクッションを二つ置くくらいがやっとだ。

「リュカ、お酒飲んだら？　ビールとか買ってこようか？」

「いや、登羽と同じジュースで大丈夫だ」

登羽は未成年なのでそう聞くが、リュカはなぜか登羽の前では一切酒は口にしなかった。

祖母の話では、会社の飲み会などではほどほどに付き合っているらしいが、なぜだろうと不思議に思う。

こうして、リュカが登羽の大好物の豚汁を手際よく作ってくれたので、それと祖母のおかずで二人は夕飯にした。

祖母の料理は、離れて暮らしていると、ことさらに懐かしくおいしく感じる。

「あ～、僕も早くお酒飲めるようになりたいな。あと二ヶ月かぁ」

なにげなく言うと、リュカがなぜか感慨深げに、「やっとあと二ヶ月か……長かった」としみじみ呟いた。

「え、なにが⁇」

「いや、なんでもない」

と、その時、リュカのスマホがメールの着信音を告げ、彼が画面を見る。

「誰から？」

「駅前支店の田口《たぐち》さんだ」

それは祖母の会社の支店で受付をしている二十代前半の女性で、登羽も顔見知りだ。

「……田口さんと個人的にやりとりしてるの？」

なんだか気になって、つい立ち入ったことを聞いてしまう。

「以前飲み会で彼女と幹事になった。その時に連絡先を聞かれてから、ときどきメールが来る」

「……ふ～ん」

祖母の会社で働いている以上、人付き合いがあるのは当然なのだが、リュカに、自分以外の人間との交流があるなんて、なんだかちょっとだけ面白くない。

そこで食事が終わったので、リュカが皿を片づけ、シンクで洗い始めた。

登羽も残りのタッパーを冷蔵庫にしまったりして手伝いながら、リュカにも自分の人間関係を気にしてほしいな、と考え、ふとあることを思い出した。

「そういえばこないださ、大学の同じ講義取ってる女の子から告白されちゃった」

さりげなくそう切り出すと、狭いキッチンで皿を洗ってくれていたリュカの手が止まる。

「……それで？　登羽はＯＫしたのか？」

「まさか！　だって顔知ってるくらいで、性格とかぜんぜん知らないし。今は誰とも付き合う気はないって断ったよ」

「……そうか」

それきり、リュカは無言で皿を洗い続けている。

――反応、薄っ！　なんだよ、もっとなんか、こう根掘り葉掘り聞かないわけ？　気にならないのかよ！

もう少し、心配するそぶりを見せてほしかった登羽は、がっかりした。

「リュカ、あのね……」

「そうだ、登羽の好きな葡萄《ぶどう》も持ってきたんだった。今洗うから待っていろ」

「……」

話の腰を折られ、登羽は内心頬を膨らませながらテーブル前に座る。

だが、洗った葡萄を皿に載せて出してくれたリュカを見上げ、

「……ありがと」

拗《す》ねつつも、ちゃんとお礼は言う育ちのよい登羽だ。

すると、リュカはにっこりして、大きな手で登羽の頭を撫でてきた。

「……もうっ、子ども扱いしないでよっ」

「食べ終えたら、片づけはやっておくから先に風呂へ入ってくるがよい」

「……うん」

いつも甘やかされてるな、と思いつつ、言われた通り入浴を済ませて寝間着代わりのスウェッ

トに着替える。

「お風呂、お先。リュカも入ってきなよ」

「わかった」

洗い物を終え、リュカも交代でバスルームへ向かう。

登羽はロフトにマットレスと布団を置いて寝ているので、狭いがリュカが泊まる時はそこで一緒に眠るのだ。

——リュカは僕のこと、心配じゃないのかな……。

なぜ、こんなことばかり考えてしまうのだろう？

せっかく久しぶりにリュカに会えて、嬉しかったのに。

悶々として、一人ベッドの中で丸まっていると、シャワーを浴びて戻ってきたリュカが、ロフトの階段を上がっていつもの寝る時のサイズの狼姿に変身する。

やっぱり獣人の姿では一緒に寝てくれないんだな、と思うと、少し寂しかった。

「……なんで狼でしか、一緒に寝てくれないの？」

「シングルサイズの登羽の布団で、獣人体の私と寝るとはみ出すだろう」

「……」

確かにその通りなのだが、なんだか納得がいかない。

登羽の隣にリュカが横たわっても、かたくなに背中を向けたままでいると、「なにを拗ねているのだ？」と不思議そうに聞かれた。

「べつにぃ〜」

口ではそう言いつつ、完全に拗ね拗ねモードの登羽は、意地でも顔を見せない。

すると、リュカは登羽の背に、ぴたりと寄り添うように身を寄せてきた。

「……」

背中から、リュカの温もりが伝わってきて、少し気分が落ち着いてくる。

リュカはなにも悪くないのに、ツンケンしたりして悪かったかな、と反省していると、ふいにリュカの声が聞こえてきた。

「二ヶ月後の、登羽の二十歳の誕生日なのだが」

「え……？　う、うん」

いきなりどうしたんだろう、と登羽は思わず振り返ってしまう。

「さっきも言ってたけど……誕生日がどうしたの？」

そう問うと、リュカは顎を登羽の腰骨辺りに載せてくる。

同じシャンプーの爽やかな香りがしてきて、登羽はもう我慢できずに振り返り、リュカに「……吸ってもいい？」と聞いた。

許可をもらい、その背中に顔を埋め、思う存分久しぶりのリュカを吸う。

大好きなリュカの匂いを嗅いで、肉球もプニプニ揉ませてもらっていると、機嫌はあっという間に直ってしまった。

「今年の六月十日はちょうど週末に当たる。静子殿と一緒に登羽の誕生日祝いをしたいから、帰省してくれないか？」

「え、ホント？　わかった、今からならバイトも調整できるから、なんとかするよ」

密着してクンクン匂いを嗅ぎながら、リュカの立派な毛並みをワシャワシャ撫で回していると、リュカになぜか「……もうその辺でカンベンしてくれ」と懇願《こんがん》されてしまう。

「それと……その日、登羽に大事な話があるから聞いてほしい」

「話って……なんの？」

真っ先に頭に浮かんだのは、リュカが異世界へ戻ってしまうのではないかという長年登羽を不安にさせてきたことだった。

「そんな前振りされたら、気になるだろ、今言ってよ」

そう催促したが、「駄目だ。登羽が二十歳になってからだ」とリュカは珍しく頑として譲らない。

「……わかったよ、おやすみ！」

聞くのが怖いような、少し楽しみなような、複雑な気分で、登羽はどさくさに紛れてリュカの首に抱きつき、目を閉じる。

「明日はリュカの行きたいとこ、ぜんぶ付き合うよ。僕もバイトばっかりしてて、まだほとんど東京観光できてなかったから、楽しみ」

「ああ、私も楽しみだ」

リュカの優しい声音を聞きながら、彼の鼓動の音を聞いているうちに、だんだんと眠くなってくる。

「……ね、リュカ」

「ん？　なんだ？」

「リュカが着てきたセーター、洗わないでそのまま置いてって……」

うつらうつらしながら、そうねだる。

リュカと離れている間、大好きな彼の匂いを嗅げないのが寂しいのだ。

実家にいる頃も、ひと回りサイズが違うのでブカブカだったのだが、よくリュカの服を借りて着ていたりしたっけ、と懐かしく思い出す。

彼の匂いに包まれているのが、とても心地いいから。

「わかった。おやすみ、登羽。よい夢を」

服をねだられることに慣れっこのリュカは、登羽のご機嫌が直ったと思ったのか、嬉しげに寄り添い、二人は久しぶりに共に眠りについたのだった。

◇　◇　◇

そして、そんな一件があってから、ついに登羽の二十歳の誕生日がやってきた。

その日はリュカとの約束通りにバイトを休んだ登羽は、新幹線で帰省し、昼前には自宅へ到着した。

リュカは駅まで迎えに来てくれると言ってくれたが、忙しそうだったので一人で大丈夫だから、とバスで帰宅したのだ。

「ただいま！」

玄関を開けた瞬間、パンパンとクラッカーの音で出迎えられ、びっくりしてしまう。

「な、なに？」

「お誕生日おめでとう！　登羽」

「本当におめでとう、二十歳の誕生日ね」

クラッカーを手にしたリュカと祖母に祝われ、登羽は幾分照れながらも「あ、ありがと……」とお礼を言った。

バイト代で買ってきた、東京土産の和菓子やクッキーを渡すと、二人ともとても喜んでくれた。

「今日は登羽の誕生日だから、腕によりをかけたぞ」

リュカに恭《うやうや》しく案内され、ダイニングへ向かうと、テーブルの上には登羽の好物ばかりがずらりと並んでいた。

「わ～、おいしそう！」

それから、三人で賑やかにパーティーを始める。

おいしい料理をおなかいっぱい味わった後には、これまた登羽が大好きなパティスリーの苺がたっぷり載ったバースデーケーキが用意されていて、二十本のロウソクの炎を一息で吹き消した。

祖母の手前、楽しんでいるふりをしていたが、登羽はリュカの大事な話がなんなのか気になってしかたがなくて、内心気もそぞろだった。


その晩、リュカと一緒に後片づけを手伝い、自分の部屋に戻った登羽はそわそわと落ち着かない。

——リュカの話って、なんなんだろう……？

どうか、異世界へ帰る話ではありませんようにと、祈りつつ待っていると。

なぜか三つ揃いのよそいきのスーツに着替えたリュカが、大きな花束を抱え登羽の部屋に入ってきた。

「リュカ？　どうしたの、その格好は」

それが、リュカが持っている中で一番高級なスーツだと知っているだけに、今まで見たことがない正装での出で立ちに、登羽は驚いて椅子から立ち上がる。

するとリュカはその前に片膝を突き、恭しく花束を差し出した。

「登羽が成人する日を、指折り数えて待っていた。これでようやく求婚することができる」

「え……求婚……？」

あまりに唐突だったので、チューリップとかの球根、じゃないよね？　と登羽はついおかしな連想をしてしまうが、流れで花束を受け取る。

「私がこちらの世界に飛ばされて、早いものでもう八年近く経った」

「……う、うん」

リュカがなにを言い出したのか理解できず、登羽はただ曖昧に頷く。

「得体の知れぬ異世界人の私を、家族として受け入れてくれた登羽と静子殿には、心から感謝している。初めて出会ったあの日、私は登羽に運命を感じた」

「え……それって、あの森でのこと？」

まさか、そんな以前から運命の相手だと思われていたと初めて知り、登羽は驚きを隠せない。

「そうだ。登羽に出会った瞬間、私の運命のつがいだと直感したが、五百年前の悲恋の伝承を聞かされて育っただけに、異世界人との恋は成就しないという畏《おそ》れもあった」

五百年前の、対の大樹にまつわる王子と娘の悲恋は、想像以上に人狼国では信じられているようだ。

――そうか、僕とリュカも、逸話の王子と娘と同じ異世界人同士だから……。

だからリュカは、自分の直感に確信が持てなかったのかもしれない。

「出会った頃、登羽はまだ子どもだったし、私は迷い続けたまま、それでも登羽のそばにいることを選んだ。悲恋で登羽を、悲しませたくはない。最初は、家族としてそばで守り続けるだけのつもりだった」

「リュカ……」

「まだ幼かった登羽を見守り、家族としての愛情を向けられるだけで満足するつもりだった。だが、登羽が成長するにつれ、共に暮らすうちに、さらにそれ以上に大切な存在へと変化していったのだ。やはり、登羽が私の運命のつがいであることは間違いないと、確信はますます深まっていった。異世界人との悲恋の伝承など、私が変えてみせる。もう、この気持ちは止められない。登羽の笑顔が好きだ。登羽が笑っていてくれるだけで、私はしあわせになれるのだ」

「リュカ……」

そこでリュカは懐から小さな箱を取り出し、蓋を開けて差し出した。

中身は、銀色に光り輝く、二つの結婚指輪だった。

「これ……」

「もはや私の伴侶には、登羽しか考えられない。どうか求婚を受け入れ、私の運命のつがいになってほしい」

恭しく登羽の左手を取り、跪《ひざまず》いたままリュカがその甲にそっと口づける。

まるで西洋の騎士のような所作に、登羽の鼓動はどくんと高鳴ってしまう。

——ど、どうしよう……？　まさかリュカが、そんなこと考えてたなんて……。

予期せぬ展開に、頭の中がグルグルと混乱している。

「登羽とずっと一緒にいられるのなら、たとえ戻る方法が見つかったとしても、私はこちらの世界にとどまろう。だから私の伴侶になってくれ」

「そ、そんなこと、急に言われても……困るよっ」

やっとの思いでそう返すと、リュカが悲しげな表情になる。

「なぜだ？　登羽も私のことを好きでいてくれると思っていたのは、私のただの自惚《うぬぼ》れか……？」

「それは違う。リュカのことは好きだよ、大好きだけど……人間の好きには、いろいろ種類があるっていうか……」

動揺しながら必死に弁明しているうちに、大事なことに気づく。

「ってか、僕は男だよ？　いいの？」

「私の国では同性婚は法的にも認められている。なんの問題もないが？　第一、日本でも同性婚できるようになったではないか」

それがどうしたのだ？　と逆に不思議そうな顔をされてしまい、登羽はますます窮地に陥る。

「そ、そうだ！　リュカは王子様なんだから、跡継ぎ問題とかあるんじゃないの？」

「人狼族は運命のつがいと結ばれると、相手が同性でも魔力で子を授かることができる。登羽は私にとって異世界人ではあるが、運命のつがいだと確信しているのできっと大丈夫だ」

「え、えええっ⁉」

あっさり子どもを産めると言われ、登羽はますます仰天する。

「登羽と私の子ならば、きっと可愛い子が生まれるであろう。楽しみだ。ああ、だがもし子に恵まれなかったとしても、私の気持ちは変わらない。その時は二人で楽しく暮らすとしよう」

「ちょ、ちょっと待った……！　情報過多で頭がオーバーヒートしそう……」

と、登羽は思わず両手で頭を抱えてしまう。

「……なんで急に、そんなこと言うんだよ？　僕が告白されたって話した時も無反応だったくせにっ」

まだそのことを根に持っていたので、つい恨みがましく言ってしまうと、リュカは「あの時は、登羽が成人していなかったからだ。未成年に求愛するのは倫理に悖《もと》るからな」と答える。

どうやら人狼族では、未成年に手を出すことは子どもを言いくるめて好きにする、といった、かなり軽蔑《けいべつ》される行為らしい。

彼が、登羽が二十歳になるのを指折り数えて待っていた理由を、初めて知らされる。

「私は実に辛抱強く、今日のこの日を待ったのだぞ？　登羽が成人するのが、本当に待ち遠しかった」

「だ、だからって……昨日まで親友で家族でお兄ちゃんみたいな存在だったのに、急に恋人になれ、結婚って言われても困るよ……少し、時間が欲しい」

「どれくらいだ？」

そう問われ、登羽はまだ衝撃でうまく働かない頭を必死にフル回転させる。

「そ、そうだ、もし赤ちゃんを産むなら、やっぱり大学は卒業してからじゃないとまずいよね？　だから僕が大学卒業するまで、返事は待ってほしい」

「……あと二年か……」

リュカはあきらかにがっかりしていたが、「そうだな……結婚して子ができた場合、大学は卒業してからの方が登羽にとってはいいからな」と自分に言い聞かせるように呟いている。

「よし、では遠距離恋愛にはなるが、それはそれでよい経験となろう。その間は、全力で登羽を口説くから覚悟してくれ」

「え、えええっ⁉」

「登羽が成人したから、今日から獣人の姿で共寝をしてもよいぞ。そうするか？」

「え、それじゃ今までしなかったのって……」

「いくら私が理性的だといっても、さすがに我慢が利かなくなる可能性があったからな」

リュカがかたくなに獣人体で入浴したり、一緒に寝たりするのを拒んできたのは、自分に手を出さないためだったのだと初めて知って、登羽は耳まで赤くなる。

登羽の前ではアルコールを口にしなかったのも、理性を失わないようにという理由からなのだろう。

狼姿の時のみとはいえ、そんな彼に抱きついて眠ったりしてきたなんて、無神経にもほどがある。

今までなにも気づかなかった鈍感な自分が恥ずかしくて、穴があったら入りたい気分だ。

「だ、駄目……っ！　今日はリュカとは一緒に寝ないからっ」

恥ずかしさのあまり、思わずそう口走ると、リュカは瞬時に狼の姿に変身し、下から登羽を見上げてくる。

『一緒に寝ないって、本気？　本当にいいの？』

そう言いたげな眼差しと共に、しゅん、としたイカ耳でじっと見つめられ、思わず決心が揺らいでしまう。

「………やっぱり狼でなら、いいよ」

結局登羽自身もリュカがいないと寂しくて、つい折れてしまった。

すると、リュカは再び瞬時に獣人の姿に戻り、改めて登羽を抱きしめるとその頬にキスをする。

「リ、リュカ……⁉」

「では入浴してくるとしよう」

と、嬉々として部屋を出ていったので、彼の策にハマったなと察する。

なんだかんだで、その晩も入浴を済ませた登羽がパジャマ姿でベッドに入ると、狼に変身したリュカが当然のごとく添い寝してきた。

だが、さきほどのプロポーズの件があったので、さすがに気恥ずかしくて。

登羽は、いつもは抱きついて寝る彼に背中を向ける。

枕許には、さきほどリュカからもらった薔薇《ばら》の花束を飾った花瓶が置かれており、見るともなしにぼんやりそれを眺めていると、リュカが独り言のようにぼそりと呟いた。

「……本当は成人する前に、登羽に好きな相手ができたらどうしようかと、ずっと不安だった」

「……え？」

「私は異世界人だ。登羽が大学の友人や近しい者たちの中で好きな相手ができたなら、身を引かねばならぬと覚悟していたのだ」

リュカがそんなことを考えていたなんて、まったく知らなかった。

言われて初めて、自分の周囲にいる友達や大学の同期生などの顔を思い浮かべるが、男性でも女性でも、いわゆる交際したい相手といわれてもまったくピンとこない。

――だって、ずっとリュカがいてくれたから。

たとえ今は離れて暮らしていても、八年前に出会ったあの日から、登羽にとっての一番は常にリュカだ。

登羽にとって、リュカはなによりも誰よりも大切で大好きな、唯一無二の存在なのだ。

同性同士で異世界人という、乗り越えなければならない難関はあるものの、生涯を共にするならリュカ以外には考えられないと言っていいかもしれない。

だが、その気持ちが果たして恋なのか、はたまた今まで家族同然としてそばにいた情なのか、まだ恋を知らない登羽には判断できなかった。

――それに……もし恋人になったとして、その後でもしリュカが元の世界に帰ることになっちゃったら……？

登羽がなにより恐れているのは、それだった。

彼を受け入れ、もう彼なしでは生きられないほどになってから一人になるのが、怖い。

家族とも縁が薄かった登羽は、失うことにひどく臆病になっていた。


プロポーズされて一晩経ったが、まだ現実味がなくて、もしかしたらあれは夢だったのかもしれないとすら思ってしまう。

登羽にはまだ決断ができず、二人の関係は以前のままだ。

リュカは登羽の気持ちを最優先に考えてくれていて、急かしたり無理に迫ってきたりはしなかったのでほっとした。

そうしていると、今までとまったく変わりない生活だったので、時間が経つにつれ、登羽はこのままでもいいんじゃないかと思ってしまう。


「今日も変化なし、みたいだね」

「そうだな」

今回の帰省で、登羽の滞在期間は週末休みと連休を合わせて三泊四日だ。

登羽がこちらにいるうちにと、久しぶりに対の大樹の様子を見にやってきた二人は、特に変わりがなかったのを確認する。

リュカの絶え間ない努力で、なんとか現状維持を保ってはいるものの、依然変化なしということで登羽はやや落胆した。

「僕がいない間、リュカ一人に任せちゃってごめんね」

上京している間はなんの手助けもできなくて、登羽は心苦しかったが、リュカはなんとも思っていないようだ。

「そんなことを気にしていたのか？　大丈夫だ、私の魔力もだいぶ回復してきたし、縮小を食い止められているだけでもよしとせねば」

思えば、リュカがこちらの世界に飛ばされてこなかったら、なんの手立てもなく対の大樹はもうとっくの昔に消失してしまっていたかもしれない。

こちらの木がなくなれば、リュカの世界の対の大樹も存在できなくなるらしいので、彼が飛ばされてきたことにはなにかしら運命のようなものを感じる。

ふと気づけば、プロポーズ以来、初めて落ち着いて二人きりになった時間だ。

いつものようにレジャーシートを敷き、リュカが淹れてくれたコーヒーを飲んでいると、そちらを見なくてもわかるくらい横顔にリュカの熱い視線が突き刺さってくる。

ついいつもの調子でついてきてしまったが、森の中でリュカと二人っきりというシチュエーシヨンに、今までとは違う気まずさを感じて、登羽は落ち着かない気分になった。

「そ、そろそろ、帰ろっか！」

急いで荷物をまとめようとすると、リュカにふいに二の腕を掴んで引き寄せられた。

「これからずっと、私を避ける気なのか？」

「べ、べつに避けてなんか……」

「いいや、プロポーズをしてから、あきらかに今までとは私に接する態度が違う。ほら、そうやってすぐ目を逸《そ》らすではないか」

「だって……」

それは、リュカが今まで以上に情熱的な視線を向けてくるからだ。

リュカにじっと見つめられると、どうしていいかわからなくなる。

なんだか胸の奥がざわざわして、ひどく落ち着かない気分になってしまうのだ。

「それは私を意識しているという証拠だ。登羽、私を見ろ」

言われておずおずと目線を上げると、まるで宝石のように美しい碧玉《へきぎょく》の瞳にじっと見つめられ、登羽は魂を吸い取られたような気がした。

「リュカ……」

「キス、していいか……？」

「え……？」

「いやなら突き飛ばしてかまわない」

キス、するぞ、と改めて前置きされ、どうしていいかわからなくなった登羽はとっさにぎゅっと目を瞑ってしまう。

が、それは了承した意思表示になると気づいた時には、そっとリュカの唇が触れてきた。

登羽にとっては、生まれて初めてのキスだ。

――ど、どうしよう……⁉

激しく動揺しているうちに、リュカがぎこちなく角度を変え、さらに貪《むさぼ》ってくる。

「ん……っ」

登羽の背を対の大樹にもたせかけた格好で、二人はいつのまにかキスに没頭していた。

それはほんの一瞬だったような気もするし、永遠のごとく長く感じたような気もする。

「……どうだ？」

「……どうって聞かれても、は、初めてだったし……よくわかんないよ……」

恥ずかしくてリュカの顔が正視できず、登羽は耳まで赤くなってうつむく。

すると、リュカが「……私もだ」と小声で呟いた。

「え……？　ひょっとしてリュカもファーストキス……だったの？」

「私は十六でこちらの世界に飛ばされたのだ。挨拶でのキスはあるが、恋愛のキスは初めてだ。

私は、初めては登羽とだと心に決めているからな」

それはつまり……登羽との初体験のために童貞を貫いていた、ということなのか？

想像しただけで、かっと頬が上気してしまう。

「そ、そんなの……勝手に決められても困るよ！」

狼狽《うろた》えて、そう叫んだ、その時。

微かに鈴の音のような音が聞こえてくる。

「なに、この音……？」

それは、対の大樹から聞こえているようで、二人は急いで立ち上がり、木を見上げる。

すると、幹の洞《うろ》から突然なにかが飛び出してきた。

小さな羽を羽ばたかせ、空中を漂っているのは、体長十センチほどの生き物だ。

木の葉を縫い合わせたような、緑色の衣装をまとい、銀色の髪をしているその姿は、お伽噺の絵本に登場する妖精そのものである。

「よ、妖精さん……⁉」

登羽が思わず声を上げると、妖精は物怖じすることなく、登羽の鼻先まで飛んできた。

妖精が飛び回ると、銀粉がキラキラと散り、太陽の光に反射してとても美しい。

そして、ピチュ、ピチュ、と鳥の囀《さえず》りのような声音でなにごとかを語りかけてくるが、残念ながら意味はわからなかった。

「リュカ、妖精さんの言ってること、わかる？」

「いや……翻訳魔法で大抵の言語はわかるはずなのだが……」

不思議なことに、リュカにも通じないという。

「そういえばお祖母ちゃんから、この木には妖精さんが住んでるって聞いたことあるかも」

「我が王家に語り継がれている伝承で、対の大樹には妖精が住んでいて、困った時に予言をして導いてくれるという話があるが……」

だが、リュカによれば、人狼国でも誰も実際に妖精を目撃した者はなく、そのためただのお伽噺だと受け止められていたようだ。

「これって、いいことなんだよね？　もしかしたら、対の大樹の退行を食い止めることができるかもしれないよ！」

この出会いが解決の糸口になればいいと、登羽は必死に妖精へ向かって話しかける。

「妖精さん、初めまして。僕は登羽。彼は人狼国の王子で、リュカっていいます。僕たちはこの対の大樹が年々小さくなっていく現象を、なんとか止めたいと思ってるんだ。どうか力を貸してください」

そう話しかけると、妖精は再びピチュピチュ、となにごとかを囀り、リュカと登羽の顔の周りを飛び回る。

そして、しばらくするとまた洞の中へ飛び込み、いなくなってしまった。

「行っちゃった……怖がらせちゃったのかな？」

「そんな風には見えなかったが。登羽が東京に戻る前にもまた来てみよう。もう一度会えるかもしれない」

「そうだね」

うっかりいつも通りに答えてから、登羽は隣のリュカを見上げる。

――そういえば僕、リュカとキスしちゃったんだっけ。

つい妖精に気を取られてしまったが、こちらも大問題だった。

「どうした？」

「……なんでもない！」

やや強引にファーストキスを奪っておきながら、普段とまったく変わらない態度のリュカに、こちらだけドキドキさせられるなんて不公平だと、少しだけ腹が立って、登羽はツンとしてしまった。


そして、翌日もリュカが仕事を終えて帰宅すると、夕食後に二人で対の大樹の許へ出向く。

いつものようにリュカが魔力を注いだり、クラシック音楽を流してみたりとあれこれやってみたが、妖精は姿を見せなかった。

「今日は来てくれないね……」

「ふむ……いったいなにが妖精の出現条件だったのだろうか」

と、リュカも首を捻っている。

とりあえず、いったん休憩しようということになり、登羽が持参してきたレジャーマットを対の大樹の根許に敷く。

魔法瓶に淹れてきたコーヒーを二人で飲むと、なんとなく沈黙が気まずい。

——今まではリュカといて、こんなこと一度もなかったのにな。

リュカからのプロポーズ以来、二人の関係がギクシャクしてしまったようで、少し悲しい登羽だ。

「……リュカはさ、どうして僕とけ、結婚したいの……？」

思い切ってそう聞いてみると、

「愛する登羽と、生涯を共に過ごすためだ。決まっているではないか」

なにを当たり前のことを聞くのだ、とばかりの返事に、登羽はむくれる。

「そんなの、今まで通りだってずっと一緒じゃんか」

「家族としては、そうだ。だが近い将来、私も登羽も伴侶を得る時期がやってくる。その時に、登羽は私が別の誰かと交際したり結婚したりしてもよいのか？」

言われて初めて、登羽はリュカが別の誰かと仲睦《なかむつ》まじくしたり、自分にしたようにキスしたりする光景を想像してみた。

なんだか、胸の内がモヤモヤする。

それはあきらかに、不快感だった。

「…………いや、かも」

渋々、そう認めざるを得ない。

すると、リュカがそれは嬉しそうな表情になり、勢いづく。

「私もだ。登羽が私以外の者とつがいになるなど、耐えられない。だから我らは伴侶となる運命にあるのだ」

「そうなのかなぁ……」

なんだかリュカに、うまく丸め込まれてしまったような気がする。

「では、また離れ離れになる前に予行練習をしてみよう」

「予行練習……？」

「親友で家族で、そして相棒でいた私たちの関係が、恋人になる練習だ」

言いながら、リュカが対の大樹によりかかり、胡座《あぐら》を掻いた膝をポンと叩いてみせたので、登羽はおずおずとそこに座る。

子どもの頃は、狼のリュカになんのためらいもなく抱きついたり鼻チューしたりしてきたのに、プロポーズを受けた今では緊張して、ついぎくしゃくしてしまう。

背中をリュカの胸にもたせかけると、腹部に両腕を回され、背後から抱き寄せられる。

がっしりと筋肉がついたリュカと、華奢な体軀の登羽はひと回り体格差があるので、登羽はすっぽりリュカの胸に納まってしまう。

「恋人というのは、こうして触れ合い、互いに愛を囁き合うのだ」

「そ、そうなんだ……」

悪い友人もなく、割合純粋培養で育った登羽は、そんなものなのかと納得する。

勉強に忙しい&リュカと過ごす青春を送ってきたので、今ではこの世界のことを学ぶためにネットで常に情報収集を怠らないリュカの方が、俗世のことをよく知っているのかもしれない。

「登羽は生きとし生けるものの中で、一番愛らしいぞ」

「……リュカってば、大袈裟過ぎ……」

「真実だ。こんなに可愛い生き物、今までに出会ったことがない」

リュカが臆面《おくめん》もなく、こんな口説き文句を言うタイプだとは知らなかった。

今まで知らなかった彼の一面を垣間見《かいまみ》るのは、なんだか新鮮な気分だ。

「初めて出会った、あの日……得体の知れぬ獣の私を、登羽は小さな身体で必死に背負って森から連れ帰ってくれた」

「あ～、そんなこともあったよね。小学生に背負える重さじゃないって、皆にびっくりされたっけ。そういえばあれって、リュカの魔法？」

「ああ、咄嗟に体重を軽くする魔法を使った。でなければ到底不可能だ」

「……やっぱり」

長年の謎が解け、納得する。

「あの時の、登羽の背中の温かさを、今でも鮮明に憶えている。疲れただろうに、ただひたすら私の怪我を案じてくれた優しさを、決して忘れない。あの日から、私は登羽を生涯守っていこうと決めたのだ」

「リュカ……」

「だから登羽も、早く私のことを恋人として好きになれ」

リュカの大きな手が頬に触れ、上向かされる。

――あ、またキスされちゃう……。

いやだったら拒めばいい……けどいやではない……でも恥ずかしいし照れくさい。

などとグルグル悩んでいるうちに、そっとリュカの唇が触れてくる。

ぎゅっと目を閉じて身を固くしていると、混乱した登羽の耳に、またあの鈴の音が聞こえてきた。

「……あ!!」

目を開けてみると、洞の中から昨日と同じ妖精が飛び出してきたので、登羽は思わず大きな声を上げてしまう。

「ど、どうした!?」

驚いて振り返ったリュカも、妖精に気づくと絶句する。

そして、「もしかして……私たちのキスが原因……なのか?」と呟いた。

「……やっぱ、リュカもそう思う?」

一度だけなら偶然かもしれないが、二度キスをして妖精も二度姿を見せたということは、やはり関連づけて考えたくなる。

「しかし、なぜキスで妖精が現れる? 意味がわからん」

「……だよね」

登羽はリュカの膝から立ち上がり、フワフワ飛んでいる妖精に向かって、恐る恐る右の手のひらを差し出してみる。

「こんにちは、妖精さん。また会えて嬉しいよ。どうして出てきてくれたの?」

そう質問してみると、妖精はチョコンと登羽の手の上に乗ってきた。

体重はほとんど感じないくらい、軽い。

妖精は答えるようにピチュピチュと囀ったが、相変わらず言葉の意味はわからなかった。

しばらくすると、妖精は再び洞に戻ってしまう。

「……いったい、なんなんだろう？」

「よし、ならば検証のため、これからも登羽が帰省するたびに、ここでキスを繰り返そう」

「え……？」

「何度も妖精と会っていれば、対の大樹にいい影響が出るかもしれない。試してみる価値はあると思うが」

「……それは、そうかもしれないけど」

なんとなくモヤモヤして、登羽は口ごもる。

「どうした？」

「……妖精さんを呼び出すためだけに、キスするわけ？」

なんか、それってちょっと納得いかない。

登羽が少し拗ねると、リュカは慌てて言い訳してくる。

「違う、今のは口実だ。私が登羽にキスしたいからするのだ」

「……なら、いいけど」

そんなことにこだわるなんて、馬鹿馬鹿しいかもしれないけれどと思いつつ、登羽は機嫌を直した。

「本当か⁉　約束だぞ？　次、登羽が帰省した折に、また一緒に来よう」

ね？　という所作で、リュカが登羽の顔を覗き込んでくる。

——うわ……リュカ、すっごく嬉しそう……。

今は獣人体だが、狼の時と同じようにブンブンと尻尾が振られているので、彼の機嫌は手に取るようにわかるのだ。

「せっかくだから、今もう一度試してみても……」

「今日はもうダメ……！」

ジリジリと迫られ、登羽は照れ隠しにリュカの頬を片手で押し返したのだった。


というわけで残りの滞在期間数日も、リュカの押せ押せ攻撃はなかなかのものだった。

それから帰省するたびにリュカの熱烈な口説きは続き、溺《おぼ》れそうなほどの愛の言葉を浴びせられ、登羽は躱《かわ》すのに苦労し、そして話はようやく冒頭へと繋がるのである。

◇　◇　◇

『そろそろ着くよ』

新幹線内から、登羽はリュカにメールを送り、降りる準備でマフラーを首に巻く。

今年の春、登羽は大学三年生になった。

今回は年末の長期里帰りで、本来ならとっくに就職活動をしなければならないが、祖母の会社への入社が決まっている登羽は皆がする苦労をしなくて済むので、本当にありがたいと思う。

その分、大学時代にさまざまな企業を経験しておきたくて、いくつかの興味がある不動産会社のサマーインターンに参加し、実際の業務を疑似体験させてもらったりして、とても勉強になることが多かった。

偶然だが、年末には祖母の誕生日もあり、リュカのクリスマスイブに決めた誕生日と合同で、登羽は年末の里帰りで毎年二人のお祝いをするのが春瀬家定番の行事となっている。

――今年のリュカの誕生日プレゼント、なににしようかなぁ。

そんなことを考えながら、新幹線から在来線へ乗り換える。

プロポーズ以降も、リュカとはほとんど毎日のようにオンラインかメール、または電話でやりとりし、リュカが東京に来てくれたり、登羽が帰省したりと何度かリアルでも会った。

リュカがしたがるので、会えばキスはするが、それ以上のことはなく、二人の関係は現状維持のままだ。

いろいろアプローチはしてくるものの、なんだかんだいってリュカは登羽がいやがることは決してしないのだ。

最寄り駅まで車で迎えに来てくれることになっているのだが、リュカからメールがあり、祖母のお遣いで今駅前の支店に来ているというので、それなら自分が支店に行くからそこで待ってて、と返信する。

在来線の最寄り駅で降りると、十二月の風の冷たさに思わず首を竦《すく》めた。

やはり地元は東京よりもかなり寒いので、この風を感じると故郷に戻ってきたなと実感する。

寒さに震えながら、登羽は着替えの入ったスポーツバッグを提げ、急いで春瀬不動産株式会社駅前支店へと向かう。

――リュカ、いるかな？

春瀬不動産株式会社の駅前支店はごく普通の店舗で、目玉物件などが店の窓ガラスへ大量に張り出されており、登羽はその隙間からなにげなく店内を覗いてみる。

すると、応接コーナーの椅子に座っているリュカの姿が見えた。

さっそく中へ入ろうとすると、奥から接客用のドリンクとお菓子を持ってきた、若い女性社員が二人やってくる。

極上の美貌を持つリュカを前に、彼女たちの表情はうっとりしているように見えた。

リュカの方も、二人になにごとかを熱心に話しかけている。

既に顔見知りなのか、話はかなり盛り上がっているようで、皆笑顔だ。

それを見ると、なんだか胸に鈍い痛みが走った気がして、登羽は思わず片手で胸許を押さえた。

――なんだ、これ……？

ショックを受けた原因を、自分なりに分析してみる。

異世界からやってきたリュカにとって、頼れるのは自分だけだという思い込みがあったから、彼にも自分以外の人間との関係ができていたのを実際に目の当たりにし、衝撃を受けたのかもしれない。

――考えてみれば、当然だよね。お祖母ちゃんの会社手伝ってるんだから、会社の人にもよく会ってるだろうし。

学生の自分とは違い、既に社会人として働いているリュカに、自分が知らない人間関係があってもあたりまえなのに。

なのになぜ、こんなにモヤモヤしてしまうのだろう……？

それを嫉妬とは認めたくなくて、登羽はそんな考えを振り切るように、ガラス製の自動ドアを開けて店内へ入る。

「こんにちは」

「あら、登羽くん、いらっしゃい」

登羽とも顔見知りである女性社員たちは、笑顔で出迎えてくれた。

二人とも二十代で、可愛らしい容姿なので、リュカと並ぶとお似合いのカップルに見える。

そのうちの一人は、以前リュカがメールのやりとりをしていた田口だとわかり、登羽は内心ドキリとした。

登羽が来たので、リュカは椅子から立ち上がり、彼女らに軽く一礼する。

「お忙しいところ、お邪魔しました」

「とんでもないです。またいつでも寄ってくださいね」

二人が行きかけると、田口がスマホを手に声をかけてくる。

「リックさん、例のお店、後でメールしますね」

「ありがとうございます、よろしくお願いします」

――例のお店って、なに？　ってか、まだプライベートで連絡してるわけ？

彼らの会話に聞き耳を立て、思わず心の中で突っ込みを入れてしまう。

「さぁ、早く帰ろう。静子殿も待っておられる」

「……うん」

リュカが駐車場に停めていた車に乗り込み、シートベルトをすると家路に向けて走り出す。

「どうした？　なんだか元気がないな？」

「……べつに」

田口さんと親しげにされるとモヤモヤするなんて、恥ずかしいから絶対言えない。

「そういえば、駅前支店のスタッフの男性が、先月同性婚をしたそうだ」

「へぇ、そうなんだ」

「同性婚が正式に認められて、最近ではもうすっかり同性カップルの存在も当たり前の世になってきたな。登羽が大学を卒業する前に決まって、本当によかった。これで登羽と正式な結婚ができて、家族になれる」

「リュカ……」

上機嫌なリュカをよそに、登羽は表情を曇らせる。

まだ彼からのプロポーズにはっきりした返事ができない自分の優柔不断さに、罪悪感があったからだ。

すると、リュカもそれに気づいたようで、気まずそうな表情を浮かべた。

「……すまない。登羽にそんな顔をさせたいわけではなかったのだ」

「……ううん、悪いのは僕だから」

と、登羽は疚《やま》しさからうつむく。

プロポーズされてから、返事を引き延ばし続けていることに、罪悪感がないわけではない。

ずっとずっと、真剣に考え続けてきた。

リュカのことは誰よりも大切だし、大好きで一生そばにいてほしい。

ただ、今までの関係を変えてしまうことが怖いのだ。

――だって……恋人になったら、相性が合わなくて別れちゃうかもしれない。

家族のままでいれば、離れることはないのに。

登羽には、なぜリュカが結婚にこだわるのかよくわからなかった。

助手席でぼんやりそんなことを考えていると、リュカに声をかけられる。

「登羽」

「ん？　なに？」

「今年は誕生日プレゼントはいらないから、登羽とデートがしたい。私とデートしてくれるか？」

唐突なお誘いに、登羽は助手席で目を白黒させる。

「デ、デート……？　今さら？」

長年一緒に暮らしているのに？　と思ってしまうが、リュカは「だからだ」と渋面を作る。

「家族であり、親友であり、相棒だった相手と恋仲になるのだ。一から関係を築き直さねば。そういうわけで、明日のクリスマスイブ、Ａ駅前で朝十時に待ち合わせだ」

「え、同じ家から出かけるのに？」

「それがデートというものだ」

言われてみれば、前回実家に戻った時、別宅にあるリュカの私室にはデートスポットなどが特集された雑誌や本などが山のように積み上げられていたっけ、と思い出す。

リュカはどうやら、デートマニュアルのようなものであれこれ勉強していたらしい。

それを見て、登羽は、

——田口さんと出かけてるんじゃ……ないよね……？

と、ほんの少しだけ邪推したのだが、あれは自分と出かけるためだったのだと初めて知る。

「よいな？」

「……わ、わかったよ」

リュカが驚くほど真剣なので、いやとは言えず、登羽は戸惑いながらも了承した。


そして、問題のデート当日。

なぜかリュカはその前日から忙しそうに一人で出かけたりして、バタバタとせわしなかった。

当日も、一時間以上も早く先に出かけてしまう。

見送ろうとした時には、既に影も形もなかったので、登羽はちょっとむくれた。

——なんだよ、デートに誘っておいて、ぜんぜん僕のことかまってないじゃんか。

とはいえ、そろそろ時間なので、一応いそいそとクローゼットを開け、自分も出かける準備を始める。

——どうしよ、デートって、なに着ていったらいいんだろう？

言われてみれば、登羽自身も生まれて初めてのデートだ。

そう考えると、ますます悩んでしまい、登羽はクローゼットからあれこれ洋服を引っ張り出し、着替えて姿見で確認しては、これは子どもっぽ過ぎるから、と却下したり、これは色合いが地味だからとまた脱いだりする。

延々そんなことを繰り返していると、危うく遅刻するところだったので、慌てて家を飛び出す。

結局、お気に入りの、少しよそ行きのジャケットとシャツにデニム、ボディバッグにスニーカーという出で立ちに落ち着いて、バスと電車で待ち合わせの場所へと急ぐ。

そこは、近隣では一番大きな繁華街がある、ターミナル駅だった。

クリスマスイブということで、さすがに人出が多い。

待ち合わせのモニュメント前を見ると、そこには既に人待ち顔のリュカが立っていた。

ただ立っているだけなのだが、長身でとにかく絵になるので、同じく待ち合わせの人々が振り返ってリュカを眺めていく。

リュカと外で待ち合わせをするのは初めてなので、なんだか新鮮で少しドキドキしてしまう。

「お、お待たせ」

「いや、待つ時間も楽しいと、堪能していたところだ」

と、リュカはなんだか満足げだ。

聞けば、一時間前からここで登羽を待っていたという。

「なんで？　約束は十時なのに」

「一度、待ち合わせをして登羽を待つ時間を楽しみたかったのだ。一時間など一瞬にして過ぎ去っていったぞ」

言いながら、リュカはなぜか両手を広げ、登羽に全身を見せてくる。

今日のリュカのいでたちは、黒のタートルネックセーターにジャケット、チノパン。

どれも上質なものだが、堅苦しくないカジュアルさをうまく出しているコーディネートだ。

ジャケットの胸ポケットには、一輪の薔薇の蕾《つぼみ》が刺さっていて、淡い色合いのサングラスをかけた姿は、お忍びの芸能人かと錯覚するほど人目を引いていた。

「どうだ？　登羽との初デートのために、目一杯お洒落をしてみたんだが」

「……すごく似合ってるよ」

あまりにリュカが格好良過ぎて正視できず、登羽はつい視線を逸らしてしまう。

「もっとよく見てくれ。田口さんの友人がブランドショップに勤めていると聞いたので、お勧めのコーディネートをセレクトしてもらったのだ」

「え……？」

聞いてみると、先日支店でリュカが話していた田口が、初デートのために気合を入れた服が欲しいと言うリュカに、それならと友人が働いている高級ブティックを紹介してくれたのだという。

——田口さんとどっか行くって相談じゃなかったんだ……。

ほっとする登羽に、リュカは不思議そうだ。

いったい、なにを疑っていたのだろう。

リュカはいつだって、登羽のことだけを考えていてくれるのに。

一人、脳内反省会を開いていると、リュカは胸ポケットの薔薇を抜き、登羽のシャツの胸に飾ってくれる。

「本当は薔薇の花束を送りたかったんだが、デートの最初に渡すと荷物になるからな」

「リュカ……」

「今日は手を繋いでも、いいか？」

「え……？」

改まって許可を取られると、なんと答えていいかわからず登羽は困惑する。

「この国では、人前ではまだまだ同性同士で親密なスキンシップを取りづらいというのは理解している。だから、適宜《てきぎ》できる時でいい」

「……それなら、いいけど」

「よし、では行こう」

リュカに促され、街へと繰り出す。

そういえばどこへ行くとか、なにも決めていなかったけれどどうするんだろう、と思っていると、最初に連れていかれたのは映画館だった。

「登羽が、観たい映画があると言っていただろう？」

「う、うん」

確かに、登羽の大好きなアクション映画のパート2が公開されたばかりだったので、近いうちに観に行きたいと思っていたところだった。

ちゃんと、チケット予約もしておいてくれたらしい。

――リュカは僕のこと、なんでも知っているからかなわないな……。

登羽はポップコーンが好きなので、リュカはなにも言わなくてもポップコーンとドリンクを売店で買ってきてくれる。

リュカが指定で取ってくれたのはカップル用の特別シートで、ゆったりとした大きめのソファーは座り心地も抜群だった。

映画のストーリーに引き込まれていると、肘掛けに置いていた左手に、ふと温かい感触がある。思わず見ると、さりげなくリュカの大きな手が、上から包み込むように登羽の左手を握っていた。

暗い館内でなら、手を握ってもいいとの判断らしい。

いいと言ってしまった手前、なにも言えず、登羽はそしらぬふりをするが、内心心臓がバクバクだ。

平静を装い、映画に集中しようとするが、リュカの指先は恋人握りをしてきたり、親指の腹で登羽の指の爪を撫でてきたりするので気になってしかたない。

——確かに、いいって言ったけど……っ。

思わず抗議するためにぎゅっと左手に力を込めると、登羽が握り返してくれたと思ったのか、暗がりの中、リュカがにっこりした。

その笑顔を見るとなにも言えず、登羽は耳まで赤くなったまま二時間半、そんな拷問に耐えた。

おかげで映画の内容は、ほとんど記憶に残っていなかった。

映画館を出ると、リュカはランチを予約しているというので、言われるままについていくと、高級フレンチ店へ連れていかれた。

ランチとはいえ、黒毛和牛のステーキとフォアグラがメインの一万円のコースで、思わずため息が出るほどおいしい。

「は〜おいしい〜〜」

「気に入ってよかった」

登羽がしあわせそうに肉を頬張るのを、リュカは向かいの席で楽しげに見つめている。

「……そんなに見られると、食べづらいよ」

「ああ、すまない。可愛くてつい見とれてしまった」

臆面もなく、さらりと言うので、苦情を言った登羽の方が耳まで赤くなってしまう。

ランチを終えると、「次は買い物がしたいので付き合ってほしい」と言われ、いいよと同意すると、車で高級ブティックへ連れていかれた。

聞けば、今日着ている服を買った店だという。

「とても上質な素材で着心地がよいので、気に入ったのだ」

「そうなんだ、よかったね」

てっきり、また別の服を買うのかと思い、見ていると、リュカは店員に「彼に合いそうなものをひと通り見せてください」とリクエストしたのでびっくりする。

「い、いいよ、僕のは。第一、今日はリュカの誕生日なのに」

「異論は受けつけないぞ。私が登羽の服を買いたいのだ」

「ええ〜……」

ちらりと値札を見ると、シャツ一枚で五万近い値段だったので思わず目を剝《む》いてしまう。

店員がさっそく上から下までコーディネートしたものを運んできて、リュカがそれを登羽の胸に当てて見聞する。

「これと、これ……これも似合いそうだ。全部試着をお願いします」

「畏《かしこ》まりました」

え、こんなにたくさん？　と思っているうちに店員から試着するよう促され、困惑しながら試着室へ入った。

とりあえず、リュカが一番気に入っていたらしいシャツとデニムを着て外へ出る。

「……ど、どうかな？」

「ああ、よく似合っている」

「本当にお似合いですわ」

リップサービスだろうが、店員もそう褒めてくる。

「それは決定で。登羽、次はこれを着てくれ」

「ええっ、まだ着るの？」

一着で充分だからと訴えたのだが、なんだかんだと押し切られ、結局鞄や靴までセットで山のような買い物になってしまった。

リュカがスマートに、クレジットカードで会計を済ませるのを、もうすっかりこちらの世界での生活に馴染んでいるなぁ、と感心して見守る。

「次は静子殿の誕生日プレゼントを買いに行こう」

「そうだね」

静子は着物が趣味なので、高級デパート内にある呉服売り場へ出向き、あれこれ悩んだ挙げ句、彼女に似合いそうな帯留めを買った。

プレゼントだから、登羽も半分出すと言い張り、なんとかバイトで貯めたお金を受け取ってもらうことができた。

「リュカは？　誕生日プレゼント、なにが欲しい？」

学生の自分がプレゼントできる金額では、ささやかなものしかあげられず、毎年手頃な値段のマフラーや手袋、キーホルダーなどを選んできたが、今のリュカは欲しいものはなんでも自分の力で買えるから本当にあげるものに悩んでしまう。

ストレートにそう聞いてみると、案の定リュカは「欲しいものは特にないな」と答えた。

もともと、リュカは物欲があまりないのか、別宅にある彼の私室も株取引用の数台のパソコン以外よけいなものが一切なく、閑散としているくらいだ。

「でも、一つくらいなにかあるだろ？　僕のバイト代で買えるものって条件だと、難しいだろうけど」

そう食い下がると、リュカは少し思案し、口を開く。

「ではまた来年のイブも、私とデートしてくれるか？」

「え……？」

「この国では、恋人がクリスマスイブにデートをする慣習があると学んだのだ」

聞いてみると、イブにはそこいら中のホテルが満室になり、レストランでは高級ディナーの予約でいっぱいになるという。どうやらリュカが言っているのはバブル期、今から二、三十年前の時代の話らしい。

「あ〜……それ、けっこう前の情報かも。今は昔ほどじゃなくて、おうちクリスマスで家族と家で過ごす人も増えたよ？」

「そうか、では、どちらにせよ、登羽は私と過ごすことになるのだな」

と、リュカは嬉しそうだ。

——リュカって、こんなに愛情表現がストレートだったんだな……。

実に屈託なく言われ、なんだかこちらの方がドギマギしてしまう。

「来年のクリスマスイブも、楽しみにしているぞ」

「……うん、わかった」

結局、二人でウィンドウショッピングをしながら、リュカに似合いそうなネクタイを選んで今年の誕生日プレゼントにした。

それから、街をぶらついたり、登羽のリクエストで通りすがりのゲームセンターで遊んだりと、楽しく過ごした。

人けのない場所では、こっそり手を繋いで歩いたりもする。

夕飯は例年通り、祖母とリュカの合同誕生日パーティーをする予定なので、最後にデパ地下でおいしそうなお総菜やケーキなどをあれこれ買い込み、リュカの運転する車で帰途についた。

「デート、すっごく楽しかった。いろいろ考えてくれてありがとね、リュカ」

「登羽が楽しんでくれれば、それが一番のプレゼントだ」

いかにして登羽を楽しませるか、喜ばせるかに心血を注いでいるリュカに、なんだか申し訳ない気分になってくる。

初めてのデートを楽しみながらも、登羽の心にはあることが引っかかっていた。

リュカはきっと、来年のクリスマスイブにプロポーズの返事がもらえるのではないかと期待している。

言葉には出さなくても、それはひしひしと伝わってきて、登羽にはプレッシャーだった。

だが、二年も待たせるのだから、きちんと誠実に対応しなければいけないと、心から思った。

◆　◆　◆

そして、登羽が二十二歳になった、大学四年目の十二月下旬。

既に卒業論文も終えた登羽は、冬休みを実家で過ごすべく、東京から帰省していた。

明日は、クリスマスイブ。

――――ついに、明日か……。

と、リュカはカレンダーを前に、今日までの日々を振り返る。

十二歳の登羽と運命の出会いを果たした、あの日が、まるで昨日のことのようだ。

いや、とてつもなく長かったような気もするし、あっという間だったような気もする。

まるで兄弟のように、親友のように、そして家族としての愛情を育んできた、この十年。

それはリュカにとっても、大切な宝物のような日々だった。

明日はいよいよ、二年前のプロポーズの返事がもらえるとあって、リュカはかなり前から落ち着かなかった。

「登羽、明日はまた去年と同じ時間、同じ場所で待っている」

前日にそう告げると、登羽は「わかった」と頷いた。

そして、リュカは少しためらった後、続ける。

「もし登羽が、私とはそういう関係にはなれないと答えが出ているのなら、明日は来なくてもかまわない」

「リュカ……」

それはもう、ずいぶん前から覚悟を決めていたことだった。

運命のつがいにはなれずとも、このまま家族でいられる。

登羽がそう決めたのならば、自分は生涯ほかの誰とも結婚はせず、登羽のそばで生きようと、リュカは心に決めていた。

「案ずるな。私は登羽の出した答えを尊重する。プロポーズを断られたとしても、私は生涯登羽の味方であり、家族だ」

それはリュカが長年考えて決めた、嘘偽りのない本心だった。


運命のクリスマスイブ。

リュカは去年と同じ待ち合わせの駅前に、一人立っていた。

上質なオーダーメイドのスーツの上にカシミアのロングコートを羽織り、右手には登羽の年齢と同じ二十二本の薔薇の花束がある。

どこからどう見ても、これからプロポーズをすると丸わかりのいでたちに、擦れ違う人々が興味深げに振り返っていくが、そんなことはまったく気にならなかった。

イブにホテルを取るのは難しいと聞いていたので、念のため、あくまで念のために近くにある一流ホテルのスイートをかなり前から予約しておいた。

料金は既に支払い済みなので、登羽が来なかったならそれはそれでいい。

落ち着け、と自身に言い聞かせても、心臓の鼓動は早鐘を打つようにせわしない。

——登羽は、来ないだろうか……？

登羽がなにを恐れているのかは、理解しているつもりだ。

両親との縁が薄く、永遠の愛情が信じられない登羽にとって、リュカを大切に思ってくれているからこそ、今の関係を壊すことは相当な恐怖なのだろう。

だが、リュカはもっともっと深い繋がりが欲しい。

大好きな登羽を抱きしめ、自分のものにしたいし、思う存分愛したい。

腕時計でちらりと時間を確認すると、午前九時ちょうど。

約束の十時までは、まだ一時間ある。

去年は初めての待ち合わせが楽しく、浮き立った気分で待っていられたが、今年はそうはいかないようだ。

こうしてリュカは、最後の審判を受けるがごとく、人生最大の緊張感の中、長い一時間を過ごした。

だが、約束の十時になっても、登羽は現れない。

リュカがあまりに微動だにしないので、同じく待ち合わせをしているらしき人々が無遠慮に眺めていく視線が突き刺さる。

恋人に待ち合わせをすっぽかされた、哀れな男に見えているのだろうか？

——私では無理だったのか……？

絶望に打ちひしがれながらも、リュカは一縷《いちる》の望みをかけてひたすら彼を待ち続ける。

生真面目な登羽が、約束の時間に遅れることなどほとんどない。

やはり、これが答えなのだ。

だが、リュカはそれでもまだ希望は捨てていなかった。

そこからは一分が一時間にも思えるほど長く感じ、時計の針は十時半を回っていた。

登羽が来なくてもいい。

たとえ来ないとわかっていても、自分の気持ちに区切りをつけるために、今日は一日、ここで彼を待ち続けよう。

リュカがそう心に決めた、その時。

「リュカ……！」

最愛の人の声に、リュカは弾かれたように顔を上げた。

駅の改札を出てきた登羽が、全速力で走って駅前の広場を駆け抜けてくる。

「登羽……」

これは自分が見ている、都合のいい夢なのだろうか?

そう考えた時、やっと目の前に辿り着いた登羽が両肩で息をつき、告げる。

「ごめん……! 踏切事故でしばらく電車が停まってて、今やっと着いたんだっ」

「電車の遅延……?」

「メール、何回も送ったんだけど、見てない?」

言われてようやく、コートのポケットに入っているスマホの存在を思い出す。

登羽を待つことに全集中し過ぎて、メールの着信音すら耳に入らなかった。

登羽が連絡もなく、遅れてくることなどあり得ないのに。

「はぁ………」

一気に力が抜けてしまい、リュカは思わずその場にへたり込みそうになる。

「大丈夫!?」

体勢を崩しかけたリュカを支えようと、慌てて駆け寄ってきた登羽を、渾身《こんしん》の力で抱きしめる。

「リ、リュカ……!?」

「……もう、来てくれないかと思った」

イブの人混みの中、人目もはばからず抱き合う彼らを、通行人たちがチラチラと眺めていく。

が、同性婚が徐々に浸透し、既に多くの同性カップルが誕生しているせいか、さほど奇異の目で見られることはなかった。

「……不安にさせて、ごめん」

登羽も、ぎゅっと両手を回してリュカの背を抱きしめてくる。

「……ホントはずっと前から、わかってた。僕の好きも、リュカと同じ好き、なんだって……。上京してる間の四年間、リュカと離れて、すごくリュカが恋しかった。いつだって会いたかった。リュカが会いに来てくれた時や、自分が帰省する時は、会えるのが待ち遠しくてたまらなかったんだ」

リュカが自分以外に関わりを持った相手に、ちょっとだけ嫉妬してしまったと告げられ、そんなことを思っていたのかとひどく驚かされる。

離れ離れになった、この四年間のおかげで、多分、これが恋なのだと、恋愛に奥手だった登羽もゆっくりと時間をかけて自覚できるようになったのかもしれない。

「だけど、リュカのことが本当に大切だから……僕らの関係が変わっちゃうのが、すごく怖かったんだ。もし恋人になって、うまくいかなくなって、別れることになっちゃったらとか、その後リュカが元の世界に帰ることになったらとか、いろいろ悪い方向にばっか考えちゃって……」

そこまで言って語尾が震え、登羽はうつむく。

そんな彼がひどく愛おしくて、リュカは彼を抱く腕にさらに力を込めた。

「私が登羽から離れるなど、無用な心配だ。登羽がいやだと言っても、決して離れないぞ?」

「リュカ……」

「登羽が私とのことを、真剣に考えてくれて嬉しい。この二年の保留期間は、私たちにとって必要な時間だったのだ」

そこでようやく、周囲から向けられている好奇の視線に気づき、リュカは「とにかく、続きは二人きりになれる場所へ移動してからにしよう」と登羽を促したのだった。

◇　◇　◇

『二人きりになれる場所へ移動しよう』

言葉少なにそう言って、リュカが登羽を連れていったのは、駅近くにある高級ホテルのスイートルームだった。

「リュカ、ここって……」

「ち、違うぞ！　最初から疚しいことを考えていたわけでは決してない。登羽がプロポーズを受けてくれた場合に備えて、念のため押さえておいただけだっ」

必死に言い訳するリュカが可愛くて、登羽はつい笑ってしまう。

「僕、こんな高級なとこ泊まるの初めて」

「登羽……」

「後でお祖母ちゃんに一泊するって、連絡しとかなきゃ。お祖母ちゃんとリュカの誕生日パーティーは明日に延期してもらおうね」

登羽が、一緒にこの部屋へ泊まる覚悟だと、伝わったのだろう。

リュカが無言で右手を伸ばしてきたので、ためらわずにその手を取ってやった。

「それは……プロポーズの返事にイエスと、受け取ってよいのだな？」

「……うん。すごく待たせちゃって、ごめんね」

万感の想いを込めてそう告げると、手を繋いだまま、リュカは嬉しいような、苦しいような、複雑な表情になった。

そして、スーツの内ポケットから小箱を取り出し、蓋を開ける。

中には二年前のプロポーズで受け取ることを保留にしていた、結婚指輪が入っていた。

「……つけてくれる？」

「もちろんだ」

左手を差し出すと、リュカが厳かに薬指に指輪を嵌《は》めてくれる。

それが終わると、次は登羽がリュカの左手薬指にもう一つを嵌めてやった。

二人の手に、揃いの結婚指輪が煌めく。

ずっとずっと、この二年、考えに考えて出した答えに後悔はない。

仮にリュカがホテルを取っていなくても、最初からそのつもりだったのだ。

さすがに祖母がいる自宅で初夜……というのは、気恥ずかしかったので渡りに船なのだが。

「僕も、リュカが好き……ずっと一緒にいたいよ」

「登羽……っ」

「そ、そうだ、僕はリュカからしたら異世界人だから、赤ちゃんできるかどうかはわからないけど、それでもいいなら……」

もう我慢できなくなったのか、リュカが皆まで言わせぬうちに、渾身の力を込めて登羽を抱きしめてくる。

「そんなこと、どうでもよいのだ。私は登羽がそばにいてくれれば、ほかにはなにもいらない……っ」

「リュカ……」

そこから先は、もう言葉は必要なかった。

二人の想いは、同じだったから。

「一緒にシャワーを浴びたい」

「ま、まだ午前中なのに……もう……するの……？」

「……いやか？」

「……ううん」

獣人体のリュカと風呂に入るのは、初めてだ。

緊張しつつも、もうここまできたらと開き直って、登羽が同意すると、リュカがバスルームへ歩きながら登羽のシャツのボタンを外してきた。

「登羽を、脱がせたい。いいか？」

「……いいよ」

ずっと待たせてしまったから、なんでもリュカの思い通りにしてやりたかった。

「……リュカのも、脱がせていい？」

「もちろん」

思い切ってリュカのボタンを外そうとするが、緊張のせいかうまくいかなくて奮闘しているうちに、リュカに抱きしめられてしまう。

「可愛い、登羽」

「ちょっと……っ、邪魔しないでよっ」

リュカが立ち止まってくれたので、今だとばかりにそのワイシャツを脱がせ、ベルトに手をかける。

互いに性急に相手の衣服を点々と床に落としながら、なんとかバスルームへと辿り着いた。

「行儀が悪いが、今日だけは許してもらおう」

「普段はこんなこと、しないもんね」

笑いながら入った豪華なバスルームで、シャワーを全開にして一緒に浴び始める。

リュカは慌ただしくボディソープをスポンジに垂らし、登羽の肌に滑らせてきた。

「今は時間がないが、後でゆっくり登羽と風呂に入りたい。ずっと夢だったのだ」

「うん、いいよ」

なぜ今は無理なのか、それはリュカの下肢が雄弁に物語っている。

さきほどから正視できなくて、視界に入れるのをためらっていたが、リュカのそれは想像以上の大きさだった。

「……リュカの人間の見るの、初めて。そんなおっきいの、ホントに入るの……？」

ちゃんとできるかどうか不安で、ついそう聞いてしまうと。

丹念に登羽の身体を洗い終えたリュカが、シャワーの水滴の下でそっとキスしてきた。

「怖いか……？」

「……うん、ちょっと」

啄《ついば》むようなキスにぎこちなく応じているうちに、登羽もだんだんと息が上がってくる。

「ぁ……ふっ……」

「大丈夫だ。登羽のいやがることはしないと誓う」

キスを繰り返すうちに、互いに切羽詰まってきて。

「ベッドに行こう」

「……うん」

急いでソープを洗い落とし、言葉少なにバスルームを出る。

大型のバスタオルに登羽をくるむと、リュカが軽々と横抱きにして寝室のベッドまで運んでくれた。

まるで初夜の花嫁みたいで、少し照れくさい。

「登羽……愛してる」

「リュカ……」

僕もだよ、と答えるより先に、せわしないキスで再び唇を塞《ふさ》がれる。

「ぁ……ん……っ」

豪華なベッドの上で、二人はしばし互いの唇の感触に夢中になった。

――でも、これからどうしたらいいんだろう……？

なにせ初体験なので、なにをどうすればいいのかよくわからない。

リュカも同じなのだから、と少々不安だったのだが、登羽からは彼が悠然《ゆうぜん》としているように見える。

「登羽の身体は、どこもかしこも愛らしいな」

「ぁ……っ」

口づけを繰り返しながら、とろけるように優しく、手の中に屹立《きりつ》を握り込まれて愛撫《あいぶ》されると、自然と腰が跳ねてしまう。

「……なんか、僕ばっかりドキドキしてて、悔しい。リュカ、初めてだって言ってたのに、どうしてそんなに余裕なんだよ？」

つい恨み言を口にしてしまうと、リュカが「余裕があるように見えるのか？」と苦笑した。

そして、登羽の右手を取り、自らの分厚い胸板に押し当てる。

「余裕なんか、微塵《みじん》もない。心臓が破裂しそうなくらいに、波打っているぞ」

その言葉通り、彼の鼓動は早鐘を打つように早かったので、登羽は彼も同じくらい緊張しているのだとわかってほっとした。

「落ち着いて見えるのは、恐らく登羽と初夜を迎えることができたら、ああしたい、こうしたいと長年シミュレートしてきたからであろう」

「ど、どんなこと想像してたの？」

「こうして……登羽の全身に余すところなく口づけて、噛み痕を刻みたい」

耳許でそう囁きながら、リュカが首筋にキスしてくる。

「噛んでもいいか……？」

「……いいよ」

恥ずかしかったけれど、リュカが望むことはなんでも受け入れようと決めていたので、頷く。

すると項から肩口にかけて甘噛みされ、今まで味わったことのない衝撃に襲われた。

「ぁ……っ」

なんだろう、この、痛いだけとも違う、ゾクゾクするような感覚は……？

それが快感だとしばらく理解できず、登羽は無意識のうちに両手でシーツを摑みしめる。

「続きを、詳しく知りたいか……？」

囁いてきたリュカの表情が、とてつもなく色っぽくて。

いちいち口にされたら、恥ずかしくて耐えられそうになかったので、ふるふると首を横に振った。

「では、実地で示そう」

そう嘯《うそぶ》き、リュカはその言葉通りに初心《うぶ》な登羽を翻弄《ほんろう》してきた。

情熱的に、登羽の全身に口づける勢いで唇を這《は》わせ、舌で愛撫していく。

そして時折、肌に軽く歯を立てられ、登羽はびくりと反応した。

「ぁ……ん……っ」

まるで登羽の存在を、歯で噛みしめることで我がものとしているかのように丹念に。

特に、ささやかな胸の尖りを舌先で愛撫し、吸って、その周辺にまで大きく歯形をつけられる。

「……ん……っ」

思わず、反射的にびくりと反応してしまうが、

──痛くない……むしろ……。

これは快感に近い……？

こんなことは初めてで、登羽は無意識のうちに喘《あえ》いでいた。

そうこうするうち、ふと気づくと両足を大きく広げた、あられもない格好をさせられる。

「……ぁっ」

今まで誰にも触れられたことのない、奥まった蕾にまで、リュカの舌の感触があり、登羽は喉を引《ひ》き攣《つ》らせる。

「駄目っ……そんな、汚いから……ぁ……っ」

「なにを言う。登羽の身体で、汚いところなどどこにもないぞ？」

弱々しい抵抗を封じ、リュカは丹念に舌と指を使って蕾を解していく。

「リュカ……ぁ……っ」

痛みを感じさせまいと、リュカがすっかり勃《た》ち上がってしまっている登羽の屹立にも指を絡め、

同時に刺激してくるので、さらに訳がわからなくなってきた。

「ぁ……ぁ……ん……っ！」

どうにかなってしまいそうで、どうしていいかわからない。

時間をかけて、ゆっくりと。

リュカの指を複数本受け入れられるようになるまで、馴らされる。

途中、頭の中もぐちゃぐちゃで、登羽は、自分がとろけたバターになってしまったような気がした。

快感に慣れていない身体は、今にも暴発してしまいそうで、途中何度もイカせてほしいと懇願したが、「もう少しだけ我慢して」と甘く囁かれ、焦らされる。

「リュカ……お願いだから、早く……っ」

登羽は、汗で上気し、潤《うる》んだ瞳でリュカを見上げることしかできなかった。

「登羽……っ」

そんな初々しい媚態《びたい》に煽《あお》られたのか、リュカの表情にも余裕がなくなってくる。

互いの下肢は、もう限界にまで張り詰めていた。

「このまま……正面から抱いてもよいか？」

真顔でそう問われ、どう答えていいかわからず困惑する。

「リュ、リュカは……？　後ろからの方がいい……？」

狼だと後背位が当然だったよね、とつい確認してしまう。

「それが自然なのだろうが、私は登羽の顔を見ながらしたい」

「……うん、僕も」

初めてなので、リュカの顔が見えないのは少し不安だったから、意見が合って嬉しい。

そして、慎重過ぎるほどゆっくりと、リュカが入ってきた。

「ん……ぁ……っ」

丹念に馴らされていたので、覚悟していたほどの痛みはない。

ただ、圧倒的なリュカの大きさに、さすがに圧迫感はあった。

「ゆっくり、するから……」

緊張し、全身を強張らせている登羽を抱きしめ、あやすようにリュカが囁いてくる。

「大……丈夫……」

眉根を寄せ、緩やかな律動に慣れてくると、今度は不思議な感覚に気づく。

リュカが奥まで入ってくると、苦しい、けれど気持ちがいいのだ。

相反する感覚に翻弄され、登羽は薄い胸を反らし、ただ喘ぐことしかできない。

「これ……なに……？　なんか……変だよ……っ？」

少し怖くなってきて、無意識のうちに、目の前にある逞《たくま》しいリュカの胸板にしがみついてしまう。

「大丈夫だ。皆、そうなる」

「そうなの……？　ぁ……っ」

さらに緩くそこを突かれ、登羽は歓喜の悲鳴を上げた。

「そこばっか、突いちゃ……駄目……ぇ……っ」

「登羽、登羽……っ」

可愛い、と耳許で囁かれ、かっと頬が上気する。

繋がったまま、ふいに上体を抱き起こされ、対面座位でさらに深くリュカを受け入れさせられた。

「は……ぁ……リュカ、リュカ……っ」

まるでうわごとのように、好き、と繰り返す。

「登羽……っ」

そんな登羽が愛おしくてたまらないといった様子で、リュカもそれに応え。

二人は無我夢中で舌を絡め合い、互いの唇を求める。

「もう……駄目……っ、イッちゃう……っ」

「いいぞ、何度でも」

荒い呼吸の下で、リュカがさらに情熱的に律動を早めてきて。

「ひ……ぁぁ……っ！」

登羽は、生まれて初めての絶頂へと導かれたのだった。


「……なんか、なんにも変わらなかったね」

すべてが終わった後、リュカの望み通り今度はバスタブに湯を張り、二人でゆっくりお湯に浸かる。

スイートのバスタブはかなり巨大で、大柄なリュカと二人で入ってもまだ余裕があった。

リュカの胸に背中を預ける格好で寛《くつろ》いでいた登羽は、ぼそりとそう呟く。

「なにがだ？」

「なんていうか……僕とリュカとの関係？」

まだ結婚指輪の感触に慣れなくて、つい左手を気にしてしまう。

身体を重ねてしまったら、すべてが変わってしまい取り返しがつかなくなるんじゃないか。

ずっとそれを恐れていた登羽だったが、現実にはなにも変わらなかった。

リュカは今まで通り優しく、誠心誠意自分を愛してくれていることが伝わってくる。

恐れていたことは、なにも起こらなかった。

「なにも変わらないさ。私は出会った時からずっと、登羽のことが大切で、大好きだからな」

「……僕も」

少し甘えたい気分になって、登羽は上気してきた頬をリュカの肩口に擦り寄せる。

「初めて獣人体のリュカの裸見られて、嬉しかったたな。この耳と尻尾、ずっと触ってみたかったんだ」

言いながら、登羽は右手を伸ばし、リュカの耳に触れる。

狼の時はいつも思う存分触っているのだが、獣人体の時も毛並みや触り心地がよく、うっとり

する。

　すると、リュカが言った。

「私の国では、獣人体の耳と尻尾を触った相手は、責任を取って結婚しなければならないという掟がある」

「え、ホント⁉　ごめん！　……って、僕たち結婚するんだから、いいのかな……？」

　登羽が首を傾げていると、リュカが吹き出す。

「冗談だ」

「なんだ、もう本気にしちゃったじゃんかっ」

　むくれてみせると、リュカは背後から登羽を抱きしめてきた。

「……すまない、つい夢中になって加減ができなかった」

　リュカが、お湯から出ている登羽の肩口を見て申し訳なさそうに謝る。

　登羽の白い肌の上には、その全身に数えきれないほど無数の赤い痕と噛み痕が残されていた。

「これは言い訳になってしまうが、人狼族は噛むことも愛情表現の一つなのだ」

「そうなんだ」

　なら、これはリュカからの愛の証しなのだと思うと、嬉しくなる。

「気にしないで。でも次は服から出るとこは避けてね」

「気をつけよう」

　しばらくは襟の詰まった長袖のシャツしか着られないなと思いつつ、登羽はしあわせに満たされていた。

「お祖母ちゃん、大事な話があるんだ」

「二人ともどうしたの？　改まって」

スイートルームに一泊し、自宅へ戻った翌日。

二人は例年通り、リュカと静子の合同誕生日パーティーを開き、その後登羽はそう話を切り出した。

するとまずリュカが口を開く。

「静子殿、私は登羽のことを、誰よりもなによりも大切に想っている。登羽も同じ気持ちでいてくれると、確認した。登羽が大学を卒業したら、どうか我らの結婚を許してほしい」

反対されるのは覚悟の上で、リュカが深々と頭を下げたので、登羽も同じようにする。

「僕からも、お願いします……！　リュカと、一生一緒にいたいんだ」

どう伝えていいかわからなくて、結局とてもシンプルなことしか言えなかったが、祖母には登羽の気持ちはちゃんと伝わったようだ。

しばらく交互に二人の顔を見つめていた静子は、やがてため息をつく。

「……いつか、こんな日が来るとは思っていたのよ」

「え……お祖母ちゃん、僕らのこと、気づいてたの……？」

必死に隠し通してきたつもりだった登羽は、驚く。

「同じ家に暮らしているのだもの、あなたたちがお互いのことしか見えていないのは、よくわかっていたわよ」

それに、と暗に手を指差され、二人とも結婚指輪をしたままだったのを思い出す。

どうやら、祖母に隠しごとをするのは無理だったようだ。

「同性婚が法的に認められるようにはなったとはいえ、まだまだ世間ではいろいろとつらい思いもしなければならないと思うけれど、それを乗り越えていく覚悟はあるのね？」

その問いに、登羽とリュカは迷いなく頷いた。

それを見て、静子は少し思案し、口を開く。

「リュカは私の仕事をよく手伝ってくれて、本当に助かっているわ。登羽も、もうすぐうちの社員として就職するし、いずれ会社は二人に任せようと思っていたの」

「お祖母ちゃん……」

「山ほど心配なことはあるけれど、今さら二人の仲を引き裂くなんてできないってわかってる。だから、これからどんな困難に見舞われても、力を合わせて乗り切っていってね。今までも家族だったけれど、これからも二人はずっと家族であり続けるんだから。私にできることは、なんでも手助けするから」

祖母の言葉は重く、けれどとても温かかった。

こうして、祖母はいつでも味方でいてくれるのだ。

両親との縁は薄かったが、それ以上の愛情を祖母から注いでもらった自分は果報者だと、登羽は心から感謝する。

「ありがとう、お祖母ちゃん……」

思わず涙ぐんでしまった登羽の肩を、リュカが優しく抱き寄せてくれた。

「さぁ、登羽。静子殿の次は、対の大樹に我らの結婚を報告に行こう！」

「え、対の大樹に？」

木に結婚の報告というのも変わっていると思ったが、リュカが大真面目なので、意味が伝わらなくても妖精に結婚の報告をするのもいいかなと同意する。

そんな訳で、二人はその足で森の中の対の大樹へ会いに行った。

「いいか……？」

「……うん」

対の大樹に辿り着くと、リュカがその根許に立ち、登羽の唇にキスをする。

すると、いつものように鈴の音が聞こえてきて、洞から妖精が一人飛び出してきた。

「こんにちは、妖精さん。今日は報告があるんだ」

登羽がそう切り出した、その時。

また鈴の音が聞こえてきて、対の大樹の洞からさらに別の妖精が飛び出してきた。

「え……!?」

その数は十人以上いて、彼らは歌を唄いながら二人の頭上で円を描くように飛び回る。

『おめでとう、おめでとう！　二つの世界を繋ぐ、素敵な恋が成就したよ。二つの世界を繋ぐ、素敵な愛が育まれるよ』

歌詞を聴き、登羽とリュカは思わず顔を見合わせる。

「妖精さんの言葉が、通じてる……⁉」

「登羽もわかるのか⁉」

初めて妖精の言葉の意味がわかって、二人は驚きを隠せなかった。

「妖精たちよ、それは我らのことなのか……？」

リュカの問いに、妖精たちはそれぞれ頷いてみせた。

『二人が結ばれたから、道が繋がるよ』

『道が繋がるよ。人狼国に帰れるよ』

――え……⁉

妖精の歌の歌詞を聴き、登羽は内心ドキリとする。

すると、妖精たちの歌が終わると同時に、対の大樹がざわめくようにその枝葉を震わせ、まばゆいばかりの光に包まれる。

「わっ……」

「登羽……！」

咄嗟にリュカが登羽を全身で庇い、二人はあまりの眩しさに目を瞑ってしまう。

ややあって、ようやく光が収まり、恐る恐る目を開けてみると、対の大樹はひと回りも大きく成長していた。

「リュカ、対の大樹が成長してる……！」

「なんてことだ……！　私たちが結ばれることが、二つの世界を繋ぐ鍵だったのか……だからキスをしたら妖精に会えたのかもしれないな」

リュカも、予期せぬ展開に愕然《がくぜん》としている。

この十年、いろいろ手を尽くしてきて、なんとか対の大樹の縮小を遅らせることはできたが、まさか自分たちの結婚が二つの世界を繋げるきっかけになるなんて夢にも思わなかったのだろう。

「しかし、なぜ結婚が鍵なのだ？　私が結婚すればいいということなのか……？」

確かに、そこに疑問は残るが、妖精たちはひとしきり唄うとまた洞に戻ってしまったので、理由を聞くことができなかった。

「人狼国の王子様のリュカの結婚が、きっかけってことなのかな……？」

「まぁ、とにかく人狼国に戻れるというのは喜ばしいことだ！　私は両親や弟に、登羽を紹介したい。共に人狼国へ行ってくれるか？」

――人狼国に帰ってしまったら、リュカはもうこっちの世界には戻らなくなるかもしれない。

登羽は真っ先にそれを考えてしまったが、こんなに喜んでいるリュカに、行かないなんてとても言えない。

「……うん、僕もご両親にご挨拶したい。リュカの故郷に、連れていって」

なので、なんとか笑顔でそう応じた。

するとリュカはいきなり軽々と登羽を抱き上げる。

「はは、すごいぞ！　私に最愛の伴侶ができたのだ。両親はきっと喜んでくれるであろう……！」

「リュ、リュカ……」

「ああ、すまない。つい嬉しくて」

と、リュカが慎重な手つきで地面へ降ろしてくれる。

そして、そっと登羽を抱きしめてきた。

「私たちが結ばれるのは、運命だったのだ。対の大樹も成長して、本当によかった」

「……そうだね」

この十年、リュカが本当にいろいろ努力してきたので、対の大樹の縮小が止まり、また成長を始めたのは嬉しい。

だが、リュカとの帰郷への一抹《いちまつ》の不安に向き合いたくなくて、登羽は無意識のうちにぎゅっとリュカの胸に抱きついていた。

◇　◇　◇

「準備はよいか？」

「……うん」

それから、数日後。

いったん家に戻り、登羽は数日分の着替えなど旅行の用意を調えた。

リュカは「あちらで必要なものは揃うから」と言ったが、一応お気に入りのシャツや歯ブラシ、日用品などをリュックに詰める。

祖母にはあらかじめ事情を説明し、数日留守にする旨《むね》は伝えた。

リュカの初の里帰りということで、快く有休も取らせてくれる。

初めてリュカの家族に会うのだから、と土産に悩み、ネット通販でおいしい菓子詰め合わせなどをあれこれ取り寄せたので、荷物はパンパンだ。

対の大樹に向かうと、リュカは洞の前でなにやら呪文を唱える。

すると、二人の足許に一瞬にして光り輝く魔法陣が出現し、リュカが登羽の身体を抱き寄せた。

そのまま片手で洞に手を触れ、なにか手応えがあったのか、リュカが耳許で囁く。

「よし、いけそうだ。しっかり掴まっていろ」

「わ、わかった！」

なにがどうなるのか、さっぱりわからなくて、登羽はリュカにしがみつきながら、思わずぎゅっと目を瞑ってしまう。

次の瞬間、浮遊感がやってきて、船酔いのような奇妙な感覚に包まれる。

「リュカ……っ！」

「大丈夫だ」

怖くて目が開けられなかったが、それからどれくらい時間が経過したのだろうか。

ほんの一瞬だったような気もするし、永遠のように長かった気もする。

「登羽、着いたぞ」

リュカの声でようやく我に返り、登羽は恐る恐る目を開けてみた。

「わぁ……」

眼下に広がる、見渡す限りの草原に、登羽は言葉を失う。

どこまで行っても高い建物などはなにもなく、青々と生い茂った植物が風にそよめく地平線が広がっている。

それはまるで、一枚の絵画のような美しい景色だった。

草原の清々《すがすが》しい香りがして、登羽は思わず深呼吸する。

「すごく綺麗なところだね」

「ここは、我が王城の裏にある森だ。対の大樹があるので、限られた者以外の立ち入りは禁止されている」

言いながら、リュカは大切そうに目の前にそびえ立っていた対の大樹の幹をそっと撫でる。

「これが、人狼国側の対の大樹……？」

こちら側の対の大樹も、元の世界のとそっくりに見えるので、この二本の木は表裏一体でまさに対の存在のようだ。

リュカの言っていた通り、あちらの対の大樹からこちらの対の大樹を通じ、異世界である人狼国を訪れることができたのだ。

これが現実に起きているなんて、にわかには信じられなかったが、目の前に広がるのはあきらかに見慣れた日本の風景ではなかった。

約十年ぶりの再会で懐かしいのか、リュカは対の大樹を優しく手のひらで撫でている。

「予想通り、こちらの木もあちらと同じ程度に成長しているな。やはり対の大樹同士リンクしているようだ。この事実を知ったら、きっと父上たちも喜ぶ」

「そうだね」

「一刻も早く城に向かおう」

人狼国の言語が話せるように、登羽に翻訳魔法をかけてくれると、リュカは一瞬にして狼に変身する。

その体躯はいつもよりさらに大きく、馬を超えるほどの大きさだ。

「これなら登羽が楽に乗れるであろう。しっかり摑まれ」

「え、いいの？」

こちらの世界でなら魔力を制限されずに使い放題らしく、リュカは上機嫌に登羽を背に乗せると、風のように走り出した。

「うわぁ……！」

まるでVRゲームの世界のようだが、これは現実なのだ。

自分は今、異世界の草原をリュカと疾走している……！

そう思うと、ワクワクが止まらない登羽だ。

しばらく走ると、小高い丘の上に王城が見えてくる。

こちらもお伽噺に登場するような、西洋風の立派な城だ。

塔が多いので、近代ヨーロッパに建築された、ドイツの城に似ていると登羽は思った。

王城を中心に円形に煉瓦《れんが》の壁で周囲を囲まれていて、警備は厳重だ。

跳ね橋がかかった正門に辿り着くと、

「止まれ！　何者だ⁉」

城の衛兵たちが、槍《やり》を交差させて二人の行く手を阻《はば》む。

「待って、怪しい者ではありません」

登羽が慌ててリュカの背から降りると、リュカが獣人の姿へと変身した。

身分をあきらかにするためか、登羽が初めて目撃した時の、王子の衣装をまとっている。

「我が名はリュカ。人狼国第六十三代国王、ダリウスの第一王子だ。家族に会いに戻った」

マントを翻《ひるがえ》し、高らかにそう宣言したリュカを前に、衛兵たちが困惑している。

「リュカ様は……十年も前に行方不明になられたと聞いているが……？」

「本物、なのか……？」

半信半疑といった対応だったが、一応一人が走っていき、侍従長を呼んでくる。

「リュカ様が今さら戻られただと？　なにを馬鹿なことを……」

ややあってやってきた、初老の侍従長は、ぶつぶつとそう言いながらリュカを見ると、顔色を失った。

「久しいな、ヨーゼフ」

「なんと……リュカ様⁉」

幼い頃から彼を見知っている侍従長には、十六歳で消息不明となり、二十六歳に成長した今の姿を見てもリュカ本人だとわかったのだろう。

衝撃のあまり、今にもその場に倒れそうだ。

「よくぞ……よくぞご無事でいてくださいましたっ。リュカ様が突然行方不明となられた、十年前のあの日から、陛下やお妃様、弟君たち、それに城の皆々もそれはそれはご心配申し上げていたのですよ？」

「心配をかけて、すまなかったな。父上はおられるか？　私が戻ったと伝えてくれ」

「はい、ただいま！」

そこから先は、十年間行方知れずだった第一王子が突然戻ってきたということで、それはもう城中が大騒ぎとなった。

「リュカよ、よくぞ戻ったな」
「ああ、なんてことでしょう、リュカ……！」

丁重に通された謁見《えっけん》の間で待っていると、知らせを聞いて国王一家が駆けつけてきた。

「おお……リュカ、本当にリュカなのね……？」

リュカを一目見るなり、涙を溢れさせた王妃が、駆け寄って自分よりもかなり長身のリュカを抱きしめる。

「この十年、あなたのことを考えない日はありませんでした。よくぞ無事でいてくれました……」
「ご心痛をおかけしました、母上。ですがこうして、無事に戻ることができた幸運を、我がメリスガルド神に感謝申し上げます」

と、リュカは母を優しく抱きしめ、家族と十年ぶりの再会を果たす。
その光景を、登羽は少し離れて見守った。
――よかった……皆リュカの帰りを待っていたんだな。

国王一家の喜びように、見ている登羽まで胸が熱くなる。

そして、自分の都合でリュカを帰したくないなどと、つい考えてしまったことを反省した。

「登羽、紹介しよう。人狼国第六十三代国王、ダリウス、我が父だ」

しばし再会を喜び合ってから、リュカが家族を紹介してくれる。

国王ダリウスは、年の頃は五十代前半といったところか。

面差しと髪の色がリュカによく似ていて、さすが国王らしい貫禄に満ち溢れた、なかなかの美男子だ。

「こちらは母上のミレーヌ、隣が第二王子で、私の弟であるエミール」

リュカの母は、四十代半ばにはなるだろうが、かなり若く見える。

おっとりとした優しい顔立ちで、気品ある女性だ。

リュカの弟、エミールは今年十八歳になるとのことで、少しリュカと年は離れているが、利発そうで凜々しい青年だ。

「そして、この可愛い坊やは、私がいない間に産まれたらしい第三王子の、レヴィだ」

そう紹介された八歳のレヴィは、たたっと走ってきて人懐っこく登羽の前に立ち、小さいながらも優雅な会釈をしてくれた。

「初めまして」

王妃と同じ金髪のくるくる巻き毛が愛らしいレヴィは、登羽がにっこりすると照れたように王妃の許へ駆け戻っていった。

家族全員、リュカと同じ狼の耳と尻尾が生えている。

登羽にひと通り家族を紹介し終えると、リュカは次に登羽を前へエスコートする。

「こちらは私の命の恩人の、登羽。彼にはこの十年間、本当に世話になったのです。彼と出会わなければ、私は右も左もわからぬ異世界で、悲惨な目に遭っていたかもしれません」

「そんな……」

途中からは、完全に自分の方がリュカに面倒を見てもらっていたので、とんでもないと登羽は首を横に振る。

「おお、そうであったか。トワ殿、国王として、そしてリュカの父として礼を言うぞ」

「もったいないお言葉、ありがとうございます」

宮廷の作法など皆目わからなかったので、登羽はとにかく失礼にならないようギクシャクと会釈した。

すると、次に王妃が優しい笑顔を向けてくれる。

「遠いところを、ようこそいらっしゃいました。息子を助けてくださって、本当にお礼の言葉もありません。心からトワ様のご来訪を歓迎いたしますわ」

すると、エミールも弾むように告げる。

「今宵は兄上が無事戻られた、祝いの宴《うたげ》を盛大に開きましょう！」

「それがいいわ。そうと決まったら、仕度を急がなければ」

あれよあれよという間に話が進み、王妃の号令で城内がにわかに騒がしくなる。

「宴って、晩餐会《ばんさんかい》とかだよね？　どうしよう……普段着しか持ってきてないよ」

登羽は青くなって、リュカに小声で相談すると、彼は近くにいた侍女を呼び、「登羽を着替えさせてやってくれ」と頼んだ。

「畏まりました。トワ様、こちらへどうぞ」

「え……あの……っ？」

流れるようにリュカと引き離され、少々不安な気持ちのまま別室へと案内されると、今度はメイド頭らしき初老の女性が数人の侍女を引き連れてやってきた。

「失礼いたします」

てきぱきと寸法を測られ、サイズに合う衣装が即座に用意されて、登羽は否応なく着替えさせられることになる。

用意された衣装は、袖口などにも高価そうなレースがふんだんに使用されており、王族の晩餐会に参加するにふさわしい豪奢《ごうしゃ》なもので、いったいいくらくらいするのだろう、汚さないようにしなければ、などとよけいなことが気になった。

――僕がこんな豪華な衣装着たって、似合わないよ～。

内心そう思ったが、いやですと言うわけにもいかず困惑していると、リュカが部屋に入ってきた。

リュカも着替えたのか、さらに凛々しい衣装を身にまとっている。

その伊達男《だておとこ》ぶりに、侍女たちが見とれていた。

「思った通り、よく似合っている。可愛いぞ、登羽」

「う、嘘だぁ」

侍女たちの前で臆面もなくリュカが褒めてくるので、登羽はなんとも気恥ずかしい思いをする。

「嘘なものか。私の伴侶は、誰よりもなによりも愛らしいのだから」

そう囁き、リュカが登羽を抱きしめてこめかみにキスしてくる。

「ちょ、ちょっと、リュカ……皆が見てる……っ」

「べつにかまわんだろう？」

侍女たちは、気を利かせて退室し、二人きりにしてくれた。

「晩餐会が終わった後、我らの結婚を報告しよう」

「……あっちの世界で生きるって、ご家族に言うの？」

「ああ。対の大樹の縮小が食い止められていることも、きっと喜んでくださるだろう」

なぜかリュカは、皆が祝福してくれると楽観的に考えているようだったが、登羽は反対されるのを恐れていた。

――だって……せっかく十年ぶりに戻ってきた我が子が、このまま異世界で生きるって言い出したら、ご両親は悲しいよね。

そしてその原因が自分にあると思うと、罪悪感に押し潰されそうだった。

だが、自分たちのために開かれた晩餐会で暗い顔をするわけにはいかないので、なんとか笑顔を作ってリュカと共に大広間へ向かう。

大広間には、何メートルあるかわからないほど長い長方形のテーブルに白いクロスがかけられ、その上には贅《ぜい》を尽くした山海の珍味がずらりと並んでいた。

異世界の料理はどんなものか、見当もつかなかったが、ローストチキンに似たものや、見慣れた野菜やフルーツなどもあったので、どれもおいしくいただくことができた。

厳かな晩餐会が終わると、侍女が登羽用の客間を用意した旨を告げに来る。

するとリュカが、なにげなく「登羽は私の部屋に泊まるから必要ない」と答えた。

それを聞いた国王の表情が一瞬曇ったのを、登羽は見逃さなかった。

「父上、この後大切なお話があるのですが」

リュカが、席を立ちながら国王に声をかけると、彼は視線を逸らしつつ背を向ける。

「ん？　だが今日は長旅で疲れたであろう。まぁそう急がんでも、明日でよいではないか。今夜はゆっくりと休みなさい」

「……はぁ」

なぜか父王がそそくさと立ち去ってしまったので、リュカは出鼻を挫《くじ》かれた様子だ。

――やっぱり、リュカのお父さんは薄々感づいているのかもしれない。

登羽はそう思ったが、口には出せなかった。


翌日、リュカは朝から国王に謁見を申し出ていたが、急な閣議が入ったとかで今日は無理との返事が侍従長から返ってきた。

時間が空いてしまったなと、リュカが少し思案している。

「ならば、今日は登羽を街へ案内しよう。賑やかで楽しいぞ」

早朝からリュカに起こされ、登羽は寝ぼけ眼《まなこ》で身支度を調えた。

とはいえ、一応持参してきた洋服はこちらの世界では目立つから、とリュカに用意されたものに着替える。

着てみると、どうやらそれは町民が着る普段着らしい。

リュカも平素の煌びやかな王族の衣装ではなく、同じような地味ないでたちにマントを羽織り、一応腰に剣を手挟《たばさ》んでいる。

「今日はお忍びだからな。一応変装だ」

言いながら、リュカは登羽にフードつきのマントを着せ、フードを頭に被せる。

「この国では人間は珍しいから、安全のために耳がないのを隠しておいた方がよい」

「わ、わかった」

そうだった。

今まではリュカが異世界人だったが、この人狼国では自分が数少ない人間ということになるのだ。

気をつけなければ、と登羽は言われた通りフードを目深に被る。

「わ、馬に乗るの⁉」

リュカが頼んでいたのか、城の外へ出ると衛兵が栗毛《くりげ》の馬を一頭連れてきてくれたので、登羽は思わず歓声を上げた。

「狼の姿で行くと、目立つからな。登羽は馬に乗るのは初めてか？」

「うん、すっごく嬉しい！」

リュカがまず先に鐙《あぶみ》に足をかけ、ひらりと馬に乗ってから右手を差し出し、登羽を馬上へと引き上げてくれる。

「わ、高い！」

リュカの後ろに座らされる格好で乗ると、想像以上に目線が高くて少し怖かった。

「こうして、私にしっかりと摑まっていれば、大丈夫だ」

と、リュカが登羽の手を取り、自分の胴へ回させる。

リュカが軽く馬の腹を蹴ると、馬がポクポクと蹄《ひづめ》の音を立てながら歩き出した。

こうして、のんびり馬での散策を楽しみつつ、二人は城下町へと向かう。

王城のお膝元にあるその街は、王都と呼ばれるだけあってどこも美しく整備されている。

その日はたまたまこちらの世界での休日の暦に当たるらしく、街には賑やかな市が立ち、大勢の客で賑わっていた。

「わぁ、綺麗な街並みだね」

まるでお伽の国の絵本の世界へ迷い込んでしまったようで物珍しく、登羽はついはしゃいでしまう。

「そうだ、まだ登羽にはこちらの世界のことを詳しく説明していなかったな」

登羽には、自分の故郷をいろいろ知ってほしいと、リュカが説明してくれる。

このキリルシーナ大陸には、人間族、妖精族、獣人族、魔人族、龍人族と呼ばれる五つの異なった種族が存在し、それぞれの領土で暮らしているらしい。

こちらの世界では電気やガスがない代わりに、エネルギー源として魔石と呼ばれる鉱石が採掘できるので、それらを光熱に利用しているのだという。

人狼国は獣人族の領土の一端にある、主に人狼族が暮らす地のようだ。

とはいえ、街ゆく人々を眺めていると、中には少数ではあるが猫や豹《ひょう》の耳を持った者や、頭に牛や羊のように角が生えた者、それに背中に翼がある者など、バラエティに富んだ人々が混在している。

リュカによると、獣人族の中でもさまざまな種があって、その属性により分かれた国や集落があり、異種結婚も珍しくないという。

「獣人でも、属性によって寿命が違う。魔人族や妖精族は数百年生きる者もいるが、我が人狼族の平均寿命は登羽の世界の人間と同じ八十年から九十年程度だ」

「同じ獣人族でもかなり違うんだね」

それなら、二人でいられる時間が同じくらいになりそうだとほっとする。

「この大陸では単一神信仰が主で、万物の神、メリスガルド神を崇《あが》める者がほとんどだ。メリスガルド神によって、特性の異なる種族たちが同じ大陸にあっても戦争もなく、平和でいられると

言っても過言ではない」

「へぇ、すごい神様なんだね」

聞けば、メリスガルド神からの最大のご加護は、異世界から煌《きら》の巫女《みこ》と呼ばれる存在を召喚することらしい。

「煌の巫女って、どんな存在なの？」

「その都度、異なる世界より召喚されるので一概には言えぬが、メリスガルド神の祝福を受けた存在なので、いずれの国に迎えられてもそれは丁重にもてなされるのだ」

リュカの説明によると、メリスガルド神は気まぐれに異世界から煌の巫女という存在を、この大陸のいずれかに召喚するのだという。

五つの種族に、常時最低一人は煌の巫女が存在しているようだが、その召喚の期間や場所もランダムなので数十年召喚がない場合や、一つの種族の領土に複数人の煌の巫女が召喚されたこともあるらしい。

メリスガルド神の加護を受けた煌の巫女はそれぞれ特殊能力を与えられており、その地位は大神官に匹敵するほど高いとか。

煌の巫女を得た国は栄えること間違いなしなので、毎回近隣の国で奪い合いになるのだが、そのせいで煌の巫女が最初に召喚された領土のある国が所有権を得るという暗黙のルールができたのだという。

「そういえば昨晩エミールが、言っていたな。最近人間族と魔人族、龍人族の国に煌の巫女が召喚されたらしいが、話を聞くとどうも登羽と同じ日本から来た人間のようだったぞ」

聞けば、ほぼ同時期に、しかも同じ日本から煌の巫女が召喚されたのはかなり珍しいことらしい。

「ホントに⁉　会ってみたいな」

「日本から召喚された煌の巫女は二人で、どちらも男だとか」

「え、マジで？」

なぜ煌の巫女なのに男性が召喚されたのかとの登羽の素朴な疑問に、リュカは「メリスガルド様は時折、そういうことをなさるのだ」と言葉を濁した。

「なんでも人間族のシルスレイナ王国に召喚された巫女は国王と、魔人族と龍人族の領土のちょうど中間地点に召喚された巫女は、魔人王と龍人王双方と婚姻を結んだらしい」

「な、なんかすごいことになってるね……」

――――でも、その日本から召喚された二人は、異世界に突然放り出されて大変な思いをしてるんだろうな。

リュカと同じ苦労を味わったであろう彼らに、登羽は内心同情する。

どうやら、メリスガルド神に召喚されずに異世界からやってこられた自分は、かなりイレギュラーな存在のようだ。

人狼国には数十年前に召喚された煌の巫女がいるらしいのだが、現在六十代になる彼女はまだまだ健在で、巫女としての役割を立派に果たしているらしい。

馬を預け、この大陸の話を聞きながらそぞろ歩くうちに、二人は街の中央広場のような場所へ出る。

「冷えたジュースを売っているぞ。飲むか？」

「うん」

この辺りでは柑橘類《かんきつるい》がよく取れるらしく、見るとフルーツを食材に使った季節のパイや搾《しぼ》りたてジュース、お菓子などの出店がいくつもあった。

リュカに勧められるままにジュースを飲むと、爽《さわ》やかな酸味と甘みが口に中に広がり、とても新鮮でおいしかった。

「すごくおいしい」

「そうか、名物のフルーツパイもあるぞ」

リュカは、自分の故郷の名産物を登羽に食べさせたくてしかたがないらしく、あれこれと摘まんで回るうちにおなかがいっぱいになってしまった。

「はぁ、どれもおいしかった！」

「そうだな」

リュカも、十年ぶりの故郷の味に触れて嬉しそうだ。

食べ歩きはもう充分堪能したので、二人は腹ごなしにぶらぶら歩きながら、景色のいい高台へ上ってみる。

そこからは王城が一望でき、とてもいい眺めだった。

「……なんだか、その……新婚旅行みたいだね」

照れながら、登羽が言う。

「私もそう思っていたところだ」

するとリュカも、歩きながらそっと登羽と手を繫いでくる。

街歩きをしながら見ると、以前リュカが言っていた通り、同性婚が当たり前のこの世界では、女性同士、男性同士のカップルがあちこち歩いていて、皆堂々と手を繫いだり、道端でキスをしたりしている。

ようやく同性婚が認められたとはいえ、日本ではまだまだハードルが高い。

ああ、ここでは二人の関係を隠さなくてもいいのだと思うと、登羽もほっとした。

「街の皆も、すごく楽しそう。リュカの故郷、とってもいいところだね」

「うん、僕も」

「登羽と一緒にこちらに来られるなんて思っていなかったから、本当に嬉しいぞ」

どちらからともなく、顔を見合わせてにっこりする。

「これも妖精さんと、対の大樹のおかげだね」

「そうだな」

リュカが十年の長きに亘《わた》って続けてきた努力は、無駄ではなかったのだ。

登羽は、それがなにより嬉しかった。

　こうして、お忍びで街歩きを楽しんだ二人だったが、王城に戻ってリュカが何度謁見の機会を乞《こ》うても、国王は多忙を理由にそれを先延ばしにした。

　数日は「父上も多忙だから」とそれを擁護していたリュカだったが、家族揃っての晩餐の時にその話をしようとしてもやんわりと遮《さえぎ》られ、次第に焦《あせ》りを感じてきているようだ。

「父上はいったい、なにをお考えになられているのか。なぜ私の話を聞いてくださらないのだ？」

　珍しく苛立《いらだ》ちを隠せない様子のリュカに、登羽は「きっと本当にお忙しいんだよ」と宥めるしかない。

　だが、リュカはついに直談判すると宣言し、登羽を連れて国王の私室へと乗り込んだ。

「父上、突然の訪問をお許しください。いったいなぜ、私たちを避けておられるのか、その理由をお聞かせ願えますか？」

　机に向かい、羽根ペンで書類を書いていた国王は、そうリュカに詰め寄られ、バツが悪そうな表情になる。

「……べつに、避けてなどおらぬぞ。本当に今は立て込んでいてだな……」

「いいえ、今日こそは話を聞いていただきます」

　リュカが詰め寄ると、国王は渋々といった様子でペンを置く。

「わかったわかった。謁見の間でしばし待て」

「ありがとうございます」

こうしてようやく約束を取りつけ、リュカは王妃や弟たちにも報告したいからと、彼らも謁見の間に集まるよう侍従たちに伝える。

正装に着替えて謁見の間へ向かうと、そこには既に侍従たちや王妃が待ち構えていた。

やがて国王も現れ、玉座につく。

リュカがその御前に片膝を突いたので、登羽も慌てて真似をし、頭《こうべ》を垂れた。

「この度里帰りしたのは、結婚のご報告をさせていただきたかったからです。私はあちらの世界で、この登羽と結婚いたします」

リュカの発言に、その場がにわかにざわめき立った。

「なんと、リュカ様がご結婚……!?」

「しかし、リュカ様は王太子であられるのに、もうこの国には戻られぬおつもりなのか……?」

「せっかくご無事で戻られたと思ったのに……」

家臣たちの間にも、動揺が走っているようだ。

こうなることは予測していたので、登羽は思わず目を伏せてしまう。

――そうだよね……この世界の人からしたら、得体の知れない異世界人の僕とリュカの結婚なんて、祝福できるわけないんだ。

うすうす予想していたものの、やはり胸がズキリと痛む。

「……リュカ、それはもう、こちらの世界には戻らぬということか……?」

長い沈黙の末、ようやく国王が口を開くと、リュカは頷く。

「この十年、私にはあちらの世界での生活がありました。対の大樹を観察し、調査を進めながらの登羽との暮らしは、何物にも代えがたい、まるで宝物のような日々でした。当時は突然のことに嘆きもしましたが、今にして思えば、私が異世界に飛ばされたのは、対の大樹が消滅する危機を食い止めるためだったのやもしれません。そして、登羽と出会うための運命だったと、今は確信しております」

「リュカ……」

「あちらの世界にある対の大樹が消滅すれば、我が国にも災いがもたらされましょう。私は今後も引き続き、登羽と共にあちらの世界の対の大樹の守り人《もびと》を続けようと思っております」

言いたいことをすべて伝え、リュカは再び頭を垂れる。

すると、国王が不承不承といった様子で口を開く。

「……そなたの言いたいことも、気持ちもよくわかる。確かにあちらの世界の対の大樹になにかあれば、こちらの対の大樹にも同様に影響が出るであろう」

「では……」

結婚を許してもらえるのか、とリュカが表情を輝かせると、国王は沈痛な面持ちを上げる。

「だが、そなたたちの結婚を、祝福することはできぬ」

国王の言葉に、再びその場にざわめきが走った。

「な、なぜですか⁉ 登羽は私の恩人で、歓迎してくださったではないですか！」

「結婚となれば話は別だ。そなたも、五百年前の我らの先祖の逸話はよく知っておろう。我が人狼国では、異世界の者との婚姻は、不幸をもたらす」

「っ……それは……」

リュカにも、国王の言葉に憶えがあるのか二の句を継げなくなる。

「私は我が子に、そんな苦労をさせたくはないのだ。わかってくれ」

国王の言葉に、隣の王妃も表情を曇らせてうつむく。

彼らが同意見なのを察し、登羽は全身の血がさっと引いていくのを感じた。

「この話は、これで終わりだ」

「お待ちください、父上……！」

リュカが追い縋ったが、国王はうむを言わせずそのまま退室してしまう。

——これが、リュカのお父さんの答えなんだ……。

国王は、自分とリュカの仲を決して認める気はないのだ。

後に残された登羽は、絶望の淵《ふち》へ叩き落とされた。

「登羽……」

リュカに、気を遣わせたくない。

「大丈夫、僕は先に部屋へ戻ってるから」と無理に笑顔を作ると、登羽はたまらず足早に謁見の間から飛び出してしまった。

「登羽……！」

ほかにどこにも居場所がないので、登羽はやむなくリュカの私室へと戻り、閉じこもる。

――やっぱり僕は、ここでは邪魔な存在なんだ……。

覚悟はしていたものの、それが現実となるとやはりつらい。

バルコニーに出て、ぼんやり月を見上げていると、すぐリュカが後を追ってきた。

振り返らずにいると、リュカもバルコニーに出てきて、登羽の隣に立つ。

「すまない、登羽。いやな思いをさせた」

「……謝るのは僕の方だよ。ごめん、リュカ。僕のせいで……」

なんとか平静を装おうとするが、声が震えてしまう。

「なにを言うのだ。登羽のせいなどでは断じてない。なに、父上たちは化石のような昔からの伝承を意識し過ぎていらっしゃるだけだ。もっとよく話し合えば、きっとわかってくださる」

「……でも、もし僕が親だったら、やっぱりリュカのご両親と同じことを思うかもしれない」

生死すら不明だった最愛の息子が、せっかく十年ぶりに戻ってきたというのに、帰郷は一瞬だけでこのまま異世界の人間と結婚してあちらで暮らすなどと言われたら、それは落胆するだろう。

彼らの気持ちがわかるだけに、反対されてもしかたないと思った。

「……もし、もしもリュカが……こっちの世界に戻りたいんだったら、僕は……」

身を引く、と口にするより早く、リュカの胸に強引に抱きしめられる。

「私が愛しているのは、登羽ただ一人だ。私の全身全霊を賭した愛を、拒むというのか？　それで登羽は、本当によいのか……!?」

「リュカ……」

彼の悲痛な叫びに、言ってはならないことを口にしかけたのだと気づく。

「……ごめん、ホントにごめんね、リュカ」

彼の気持ちを思うと申し訳なくて、それまで必死に堪えていた涙が溢れてくる。

すると、リュカが親指の腹でそっと涙を拭ってくれた。

「もう謝るな。ほかの誰でもない、この私が登羽を選んだのだから」

そう耳許で囁き、リュカは再度登羽を抱きしめた。

「愛してる、登羽。たとえ世界中を敵に回してでも、私は登羽を愛し続ける」

「僕も……愛してる」

登羽も、リュカの背に両手を回し、彼のマントをきつく摑みしめる。

「ここに戻る前に気づいたのだが、城の中に急に衛兵の数が増えた。恐らく父上のしわざであろう」

「え……それって……？」

リュカがあちらの世界へ戻れないように、強制的に監禁でもするつもりなのだろうか。

それを聞き、登羽は青ざめる。

「やむを得ん。まだ警備が手薄な今夜、城を脱出しよう」

「リュカは……本当にそれでいいの……？」

「むろんだ」

力強く頷いた彼の瞳に、迷いはなかった。

「その前に、我が兄弟にだけは別れを告げていきたい。付き合ってくれるか？」

そう問われ、もちろんだと登羽はリュカと共にひそかにエミールの私室を訪れた。

「兄上！」

中へ入ると、ちょうどレヴィとボードゲームをして遊んでいたエミールが、嬉しげに駆け寄ってくる。

「よかったら兄上もトワ様もご一緒にゲームをしませんか？」

「そうしたいのは山々なのだが、時間がないのだ。エミール、それにレヴィもよく聞いてくれ」

そう切り出し、リュカはレヴィに目線を合わせるために二人の前に片膝を突く。

「私は登羽を深く愛していて、あちらの世界へ戻らねばならない。だが、父上はそれをまだ理解してはくださらないのだ。不本意ではあるが、父上と母上には黙って、今宵あちらの世界へ戻ることにした」

「ええっ⁉　こんなに早くですか？」

まだ来たばかりなのに、とエミールが表情を曇らせる。

「ち、父上たちに内緒で戻られるとおっしゃるのですか⁉　きっと悲しまれます！」

エミールの言うこともっともだったが、力ずくで軟禁されればますます溝は深くなるとリュカは考えたのだろう。

これ以上最愛の家族と揉めたくないという彼の気持ちが痛いほどわかり、登羽はいたたまれなかった。

「やだっ！　行かないで！　二人でずっと一緒にこっちで暮らせばいいじゃない」

レヴィは悲しげにピルピルと耳を震わせていやいやと首を横に振り、リュカの首に抱きつく。

そんな少年の頭を、リュカは優しく撫で、軽々抱き上げてやった。

「誤解するな。父上を説得することを、あきらめたわけではない。エミールとレヴィにも、必ずまた会いに来る」

「……ホントに？」

「ああ、本当だ」

「絶対だよ？　リュカ兄様」

「ああ、約束する」

そして、リュカはレヴィを抱いたまま、エミールを見つめる。

「エミール、私は既に王位継承権を捨てた身。父上の跡を継ぐのはそなただ。父上と母上のことを、頼んだぞ？」

「……はい、兄上」

兄を心配させまいとしているのか、エミールは唇をへの字に曲げて寂しさと涙を堪えている。

「私ではまだ心許ないかもしれませんが、兄上に認めていただけるような立派な王太子になりたいと思っております」

「よし、その意気だ」

リュカがレヴィを抱いたまま、片手を伸ばしてエミールの頭を撫でてやると、エミールも嬉しそうに泣き笑いの表情になった。

「父上と母上には、私と登羽の気持ちをそなたからも伝えてほしい」

「わかりました。兄上たちが申し訳ないと思っていらっしゃるお気持ち、必ずお伝えいたします」

と、エミールも兄の意を酌《く》んでそう約束してくれる。

「達者でな、エミール、レヴィ」

最後にもう一度弟たちを抱きしめ、リュカはエミールの私室を後にした。

そのままリュカの私室へ戻り、手早く荷物をまとめると、夜陰に乗じて、ひそかに部屋を抜け出す。

城内ではあちこちで衛兵たちが見張り番をしていたが、リュカは王族のみが知っているという秘密の抜け穴を通り、王城から遠く離れた街外れへと出た。

まるで後ろ髪を引かれるのを拒むように、狼に変身したリュカは、登羽を背に乗せて草原を疾走する。

――こんな形で家族に別れを告げなければならないなんて……リュカになんてつらい思いをさせてしまったんだろう。

彼の背に必死にしがみつきながら、登羽は本当にこれでよかったのか、まだ迷っていた。

やがて、対の大樹がある王城裏の森へ辿り着くと、リュカが警戒の唸りを上げる。

「ど、どうしたの⁉」

登羽も顔を上げてみると、対の大樹の前には白銀の鎧《よろい》を身につけた衛兵が二人、槍を手に立っていた。

「……どうやら父上は、私が黙って戻ることを見越していたようだな」

「……リュカ」

不安げな登羽に、「大丈夫だ、任せておけ」と告げ、狼から獣人体へ変身したリュカは、つかつかと彼らの許へと歩み寄る。

すると衛兵たちは、二人を対の大樹へ近づけまいと槍でその行く手を阻んできた。

「お願いですから、このまま城にお戻りください。リュカ様」

「我々も、つらいのです。どうか陛下のお心を酌んで差し上げてください……！」

「そなたたちにも、申し訳ないことをさせていると自覚している。だが、私にも譲れぬものがあるのだ。そこを、退け」

リュカの迫力に気圧されたのか、衛兵たちは一歩後じさる。

「必ず、父上たちを説得に戻る。そうお伝えしてくれ」

「リュカ様……！」

衛兵たちの前で呪文を唱え、リュカと登羽の身体は出現した魔法陣の中で光に包まれる。

こうして、二人は不本意な形で元の世界へと戻ったのだった。

◇　◇　◇

登羽たちが人狼国から戻ってから、登羽は大学を卒業し、バタバタしているうちにあっという間に日々が過ぎていった。

彼らの、対の大樹通いは相変わらず続いていて、妖精たちと会えるのが楽しみの一つになっている。

人狼国への道が通じて以来、妖精たちはキスをしなくても毎回のように二人を歓迎してくれるようになったのだ。

『元気出して、トワ。いつかきっと王様だってわかってくれるよ』

『そうだよ、そうだよ』

結果を報告すると、妖精たちはそう励ましてくれたが、登羽の心は依然晴れなかった。


「登羽……まだ入籍する気にはなれないのか……？」

「……ごめん、リュカ」

リュカに気を遣わせてしまっているのもつらかったが、それでも彼の家族の反対を思うと、自分たちだけがしあわせになっていいんだろうかと、どうしても思ってしまうのだ。

リュカはそんな登羽の気持ちを慮《おもんぱか》って、入籍は登羽の気持ちが決まってからでいいと言ってくれるのが、また申し訳なかった。

「もうすっかり春めいてきたな……妖精たちが楽しそうな季節だ」

登羽がまた落ち込みそうなので、リュカは話題を変え、いつものように持参してきたコーヒーを魔法瓶のカップに注いで手渡してくれる。

「ありがと」

お礼を言って受け取ったのだが、

「うっ……」

いつもは大好きなコーヒーの香りが、なんだか妙に鼻について、急に吐き気が襲ってくる。

たまらず、草むらにうずくまって吐き気を堪えていると、リュカが慌てて背中をさすってくれた。

「大丈夫か⁉　どうした⁉」

「……わかんない……急に、気持ち悪くなって……」

ペットボトルのミネラルウオーターも持ってきていたので、それで口を漱《すす》ぐと、少し落ち着いてくる。

顔色が悪い登羽を労り、リュカは対の大樹の根許に敷いたレジャーシートの上に座らせた。

「……もしかして……私たちの子が宿った……のか？」

「え……？」

リュカに言われ、登羽は驚いて顔を上げる。

初めて結ばれた夜から考えれば、計算は合う。

するとその時、対の大樹の洞から妖精たちが姿を現し、二人の頭上を飛び始めた。

『二つの世界を繋ぐ、素敵な子が生まれるよ。二つの世界を繋ぐ、素晴らしい子が生まれるよ』

『よかったね、よかったね』

『おめでとう、おめでとう』

妖精たちの歌声に、二人は思わず顔を見合わせた。

「本当に、僕のお腹に赤ちゃんが……？」

こうなった今でもまだ信じられなくて、登羽は両手でそっと下腹を押さえる。

リュカから、運命のつがいなら男でも子を宿すことができると聞かされてはいたが、いざ現実となるとやはり驚きの方が大きかった。

「もしかしたら、人狼国と行き来できるようになったのは、登羽に私たちの子が宿っていたからかもしれないいな」

「え……？」

言われてみれば、あちらの世界へ行った頃は既に受胎していた可能性が高いと気づく。

「……この子が、二つの世界を繋ぐ存在ってこと？」

「ああ、ようやく謎が解けた……！　すごいぞ、登羽！」

と、リュカは喜びのあまり登羽を軽々と抱き上げ、左右に振り回す。

「リュカってば……っ」

「すまない、腹の子に障《さわ》っては大変だ」

と、慌てて丁重に地面に降ろし、リュカは両手で登羽の手を取る。

「私たちの子を、産んでくれるか……？」

「うん、もちろんだよ」

自分が妊娠したなんて、今でもまだ信じられない思いだが、リュカの子なら産みたいと迷いはなかった。

その返事に、リュカがほっとしたように笑顔を見せる。

「これほど嬉しいことはない。二人で大切に育てよう」

「……うん」


事情を説明すると、祖母は「これ以上私を驚かせることは、もうないわね？」と言いつつ祝福してくれた。

なにせ、普通に病院で出産するわけにはいかないので、今から不安ではあったが、出産に関しても、祖母が全面的にバックアップすると受け合ってくれたので、初めてのことでなにもわからない登羽にとってはなにより頼もしい味方だった。

こうして妊娠が判明したことで、登羽の決意も決まった。

もちろん、登羽が出産したと公にはできないので、表向きは養子を迎えた形になるだろうが、それでも生まれてくる我が子のために、きちんと籍を入れておいた方がいいと判断したのだ。

こうして二人は市役所に出向いて婚姻届を提出し、晴れて法律上も伴侶となった。

「ご結婚、おめでとうございます」

窓口の事務員に祝福され、照れくさい思いをしながらも嬉しかった。

同性婚が正式に認められ、続々と入籍する同性カップルが増えているらしく、周囲からの反応も思っていたほど偏見にさらされるようなこともなかった。

入籍当日は、祖母も交えて家族だけでささやかなお祝いをした。

リュカは結婚式と新婚旅行をやりたがったが、それは出産して落ち着いてからね、と宥める。

登羽は春から、祖母の会社の新入社員として働き始めていたが、すぐ妊娠してしまったため、普通の企業に就職せずに済んで本当によかったと改めて思う。

とはいえ、仕事を憶え始めたばかりなので、とりあえず、お腹が目立つまでは働くつもりだった。

今はとにかく、丈夫な赤ちゃんを産むことだけに集中しようと心を決め、登羽は日々育っていく我が子に会える日を楽しみに過ごしたのだった。

◇　◇　◇

ほわぁ、ほわぁ、と春瀬邸に元気のよい赤ん坊の泣き声が響き渡る。

「登羽、ミルクできたか？」

「ちょ、ちょっと待って……！」

まだまだ慣れない手つきで、登羽は煮沸消毒した哺乳瓶にミルクを作り、人肌になるまで冷ます。

それを受け取ったリュカは、胸のベビースリングに入っている我が子に飲ませ始めた。

すると、お腹が空いていたのか、赤ん坊は一心不乱にミルクを飲み、泣きやんだので二人ともほっとする。

と、そこへ寿司桶を手に玄関から戻ってきた祖母が声をかけてきた。

「さぁさぁ、お寿司届いたわよ。二人とも席について」

「は〜い」

登羽は祖母を手伝い、グラスや食器などをテーブルにセッティングする。

今日は二人が入籍して、ちょうど一年になる結婚記念日なのだ。

「二人とも、結婚一周年、おめでとう」

まずは三人で、乾杯する。

その晩、祖母がお祝いだと二人が好物の寿司を取ってくれた。

「初めての結婚記念日だな」

「なんだか、あっという間だった気がするね」

と、登羽はリュカを見上げてにっこりし、次に彼の腕の中にいる赤ん坊を見つめる。

ミルクを飲んでおなかいっぱいになったのか、満足そうな表情だ。

なにより元気で健康にすくすくと育ってくれているので、それだけでありがたかった。

妊娠が判明してから、瞬く間に一年ほどが過ぎ、登羽は無事、元気な男の子を出産した。

リュカの胸に抱かれているのは、現在生後五ヶ月ほどになる、彼らの最愛の息子の樹希《いつき》だ。

名前についてはいろいろ考えたのだが、対の大樹が結んでくれた縁だからと、一文字もらって樹希と名づけた。

髪の色が銀髪なのはリュカ譲りだが、瞳の色は登羽と同じ茶褐色《ちゃかっしょく》である。

親の贔屓目《ひいきめ》を抜きにしても、顔立ちの整った愛らしい子で、リュカも既にメロメロだ。

産後は大事を取らなければと、リュカが率先して家事と育児をしてくれたので、登羽はゆっくり身体を休めることができて本当にありがたかった。

――もう一年か……早かったな。

我が子をあやすリュカを見つめながら、登羽はつい感慨に耽ってしまう。

普通に病院で出産はできない登羽にとって、初めての出産はまさしく不安と未知しかない体験だったが、その分リュカがなにくれとなく世話を焼いてくれたので心強かった。

出産は祖母とリュカの助けによって自宅で行い、予想していたよりも安産で樹希を産むことができた。

今までの人生で過去最高の大仕事を終え、フラフラだったが、リュカに布でくるまれた小さな命をそっと抱かせてもらった時には、我知らず涙が溢れてしまった。

無事に健康で生まれてくれて、それだけでもうなにもいらないと思えるほど、初めて我が子と対面できた時には嬉しかった。

リュカも男泣きに泣いていて、祖母もつられて泣いてしまい、三人で号泣《ごうきゅう》したことを思い出し、今でも少し照れくさい。

こうして、春瀬家には新しい家族が増えた。

登羽が出産したと知られるわけにはいかないので、リュカの魔力で再び戸籍を偽造し、形式上樹希は二人の養子として届けを出した。

なにせリュカ本人も偽造戸籍なので、今さらこだわることもないのかとも考えたが、やはり今後学校へ通うようになった時のために法的にもきちんとしておきたかったのだ。

登羽は、さすがに産休を取るわけにはいかなかったため、入社早々病欠ということで妊娠六ヶ月を過ぎて腹部が目立ち始めた頃から休暇に入っていた。

新入社員の身でこんな我が儘が利くのも、祖母の会社だからというところが大きい。

改めて、祖母には感謝の念が絶えなかった。

「登羽の体力も回復してきたことだし、明日は久しぶりに対の大樹に会いに行こう。我らの新しい家族を紹介したい」

「うん、そうだね」

この数ヶ月、出産と慣れない育児でバタついていたので、一度も行けていなかったことを気にしていた登羽は、一も二もなく同意する。

ようやく妖精たちに樹希を紹介できるのも、嬉しかった。


こうして翌日、二人は樹希が生まれて初めて対の大樹へと出向いた。

赤ん坊連れだと、哺乳瓶やウェットティッシュ、タオルなど荷物が増えるのでリュカがベビースリングで樹希を抱き、登羽が大きなマザーズバッグを提げ、森を歩く。

「疲れないか？」

「うん、平気。久しぶりの森は気持ちいいね」

登羽の体調を慮るリュカに、登羽は深々と深呼吸し、笑顔を返す。

「こうして親子三人で対の大樹に会えるなんて、まるで夢のようだ」

「そうだね」

歩き慣れた道も、子連れになったので今までとは違ってゆっくり慎重に進む。

家族が増えたことで、今までとは生活はなにもかも一変したが、二人はそれを楽しんでいた。

そして対の大樹に到着すると、まず登羽が根許近くにレジャーシートを敷き、タオルケットで樹希の居心地よい寝床を作る。

ベビースリングから下ろされた樹希はご機嫌で、紅葉《もみじ》のような愛らしい手を握ってキャッキャと笑った。

「妖精さんたち、しばらく来られなくてごめんね。初めての育児に大忙しだったんだ。僕らに家族が増えたから、紹介しに来たよ」

よいしょ、と樹希を抱っこし、登羽が大樹の洞近くへ歩み寄る。

「樹希と名づけた。私たちの子だ」

リュカがそう告げると、洞の中から妖精たちが次々と飛び出してきた。

『二つの世界を繋ぐ、素晴らしい子が生まれたね。めでたいね』

『二つの世界を繋ぐ、運命の子が生まれたね。嬉しいね』

妖精たちは口々にそう祝福してくれて、歌を唄い始める。

それは登羽たちには、不思議な楽器のような音色に聞こえ、とても耳に心地のいい旋律だった。

「綺麗な声だね……」

「ああ」

リュカと登羽は、樹希を抱いたまま寄り添い、しばしその美しい歌に耳を傾ける。

やがて、妖精たちは唄いながら樹希の頭上を飛び始めた。

すると樹希も、小さな手を伸ばし、妖精に触れようとしてキャッキャと笑う。

「……樹希にも、妖精さん見えてるんだね」

「そうだな」

すると。

次の瞬間、対の大樹がまばゆいばかりの光に包み込まれ、登羽はその眩しさから思わず目を瞑ってしまった。

「わっ、な、なに……⁉」

「登羽、樹希……！」

咄嗟に、リュカが光に背を向けて二人を庇う。

ややあってようやく光が収まり、二人が恐る恐る顔を上げると……。

「……なんてことだ」

「対の大樹が……」

二人は、我が目を疑う。

ほんの一瞬にして、対の大樹は見上げるほどの巨木へと成長を遂げていたのだ。

『対の大樹が、元の姿に復活したよ〜』

『嬉しいね〜めでたいね〜』

妖精たちも嬉しいのか、キラキラとした銀の光を放ちながら彼らの頭上を飛び続ける。

「なぜ、急に対の大樹が元の姿に戻ったのだ⁉」

リュカがそう問うと、妖精の一人が愛らしく小首を傾げる。

『対の大樹を復活させたのは、異なる種族を超えた愛の力だよ～』

「愛の力……？」

『あちらの世界のリュカと、こちらの世界のトワが出会い、愛し合って、イッキが生まれたから』

『だから対の大樹がよみがえったんだよ～』

「なんだって……⁉」

驚きのあまり、二人は思わず顔を見合わせる。

すると、妖精の一人が、『イッキを連れて、人狼国へ行こう！』と言い出した。

『対の大樹が完全によみがえったから、僕らも行けるよ～』

『僕らも一緒に行くから、もう一度王様を説得しに行こうよ！』

「え……？」

未だリュカの父に結婚を反対されたことを引きずっていた登羽は、妖精たちの突然の提案に困惑する。

すると、それを聞いたリュカも言った。

「私は反対されたままでもかまわないが、登羽がずっと心にわだかまっているのなら、その愁《うれ》いを取り除いてやりたい。もう一度、あちらの世界へ行こう。行って、樹希を紹介してこよう」

「リュカ……」

「大丈夫だ。私たちには心強い味方がついていることだしな」

リュカが妖精たちを見上げて、微笑む。

確かに、彼らが応援してくれたら百人力だ。

「そうだね……いつかはちゃんとけじめをつけないといけないよね」

覚悟を決めて呟いた登羽も、思い切って頷いた。


こうして、よく話し合った結果、登羽たちは再び人狼国を訪れる決心をした。

念のため、樹希がもう少し成長するのを待ち、離乳食も進み、お座りもしっかりできるようになるのを待って、里帰りを決行する。

祖母にも事情を説明し、数日留守にすると言い置いて、リュカは有休を取る。

こうして二人は樹希を連れ、リュカの転移魔法で対の大樹から洞を通過し、再び人狼国を訪れた。

前回と同じく、軽い船酔いのような目眩がして、目を閉じた次の瞬間、登羽たちは人狼国側の対の大樹の前に立っていた。

「登羽、見ろ……！」

リュカに言われ、振り返ると、そこには元の世界の対の大樹と同じくらいの大きさまで復活した、立派な姿があった。

「こちらの世界の対の大樹も、復活してたんだね……よかった！」

嬉しくて、登羽は思わず笑顔になる。

そこで二人と共にやってきた妖精たちが、ピチュピチュ、と鳥の囀りのような声音で歌を唄い始めた。

するとややあって、人狼国側の対の大樹の洞からもたくさんの妖精たちが姿を現す。

『やっと会えたね！　嬉しいね』

『二つの世界が、再び繋がったよ！　嬉しいね』

王様への謁見のために正装してきたのか、元の世界側の妖精たちがまとっている衣装はキラキラと輝く銀色、人狼国側の妖精たちのものは金粉をまぶしたような金色なので、彼らが入り交じって周囲を飛び回ると、まるでミラーボールが回転しているかのような眩しさだ。

「妖精さんたち、すっごく喜んでるね」

「ああ、恐らく五百年ぶりの再会なのであろう」

樹希を胸に抱いたリュカと登羽は、しばしその夢のような光景に見とれてしまう。

『さぁ、皆で一緒に王様に会いに行こう！』

『会いに行こう！』

ひとしきり仲間との再会を喜び合うと、妖精たちが王城へ向かって飛び始めた。

リュカは樹希を登羽にしっかりと背負わせて自分も狼へと変身し、二人を背に乗せ、彼らの後に続く。

飛ぶように疾走し、彼らの一団は瞬く間に王城へと到着した。

王城では、リュカが戻ってきたとの一報で、再びちょっとした騒ぎになる。

前回気まずいまま物別れに終わっただけに、歓迎されないのではと登羽は胃が痛くなるのを必死に堪えていた。

謁見の間でしばらく待たされると、ややあって国王夫妻とエミール、レヴィが現れる。

国王は、あきらかに前回のことを引きずっているのか、苦虫を嚙み潰したような表情だったが、

「わぁ、赤ちゃんだ！」

大人の事情などおかまいなしなレヴィが、登羽の胸に抱かれた樹希に気づいて真っ先に駆け寄ってきた。

「リュカ兄様とトワ様の赤ちゃん？　すごく可愛い！」

「ありがとう、レヴィ。樹希っていうんだ。仲良くしてあげてね」

登羽がそう言うと、レヴィは「もちろんだよ！」と元気よく頷く。

「目許が兄上にそっくりだ。瞳の色はトワ様譲りですね」

エミールも、抱かせてほしいと言ってきたので、登羽は樹希を手渡した。

「落とさないように、気をつけてな」

リュカが二の腕に頭を乗せて抱くように教えると、エミールはおっかなびっくり樹希を抱っこした。

それを見ていたレヴィも、大騒ぎだ。

「エミール兄様、ぼくも抱っこしたい！」

すると、エミールに抱かれていた樹希が、賑やかなのが嬉しいのか、きゃっきゃと笑った。

「父上、母上、見て！　イツキが笑ったよ。すっごく可愛い！」

「……う、うむ……」

国王は、どう対応していいかまだ決めかねている様子で、曖昧に唸っている。

そこで、登羽は一歩前へ進み出た。

「……前回お伺いした時には、既に身ごもっていたのにまだ気づいていませんでした。お許しをいただけないのは心苦しかったのですが、生まれてくるこの子のために、あちらの世界でリュカと入籍させていただきました」

避けては通れない結婚の話題を持ち出すと、案の定国王の表情が曇る。

「……勝手なことをして申し訳ありませんが、樹希を皆さんに会わせたくて、またお邪魔させていただきました。どうか、顔を見てやってください」

なんとか思いの丈をそう伝え、登羽はぺこりと頭を下げる。

「登羽……」

それを見守っていたリュカが、たまらなくなった様子でその細い肩を支えた。

「父上、母上、登羽は悪くありません。すべて私が決断したことです。私たちは愛し合い、樹希が生まれました。この子は二つの世界を繋ぐ、奇跡の子です。樹希がこの世に生を受けたから、五百年ぶりに二つの世界が完全に繋がり、こうして戻ってくることができたのです」

「なんと……それは本当か？」

国王が驚きのあまり、思わず玉座から立ち上がった、その時。

『本当だよ〜』

それまで姿を消していた金銀の妖精たちが突然現れ、一斉に国王の許へと飛び立つ。

『リュカとトワが恋をして結ばれ子が生まれたから、再び二つの世界が対の大樹を通して完全に繋がったんだよ〜』

「おおっ、妖精が……！」

「対の大樹に妖精が宿っているというのは、お伽噺ではなかったのか……⁉」

妖精を初めて見たらしい、国王一家や重臣たちが、驚きの眼差しで妖精たちを見つめている。

一同の注目を浴び、満足したのか、妖精はキラキラとした光を放ちながら謁見の間を飛び回った。

『僕らは、人狼国の対の大樹に住まう妖精』

と、金の妖精たちが唄い、

『僕らは、ニホンの対の大樹に住まう妖精』

続けて、銀の妖精たちが引き受ける。

『二人が結ばれたおかげで、僕らは五百年ぶりに仲間に会えたんだ！』

『リュカとトワを引き裂くと、対の大樹もまた元に戻って力を失っちゃうよ〜』

『いいの〜？』

金銀の妖精たちが入り乱れながら、国王の頭上を飛び回って口々にそう告げる。

『それは困る〜。僕らもまた力を失っちゃうもの』

『そうだよそうだよ、せっかく皆で会えるようになったのにね』

五百年ぶりに再会した金と銀の妖精たちは、互いに小さな手を取り合い、うんうん、と頷き合っている。

「だ、だが、対の大樹の、悲恋の伝説が……」

国王が、ずっと気にしているのは五百年前の、先祖に起きた悲恋のことだ。

すると、妖精の一人が小さな首を横に振る。

『あれはね、ただ悲恋で終わったわけじゃなかったんだよ〜』

『そうだよ〜』

「……え？」

そこから、妖精たちの輪唱のような、不思議な歌が始まる。

『昔々、その昔、人狼国には植物を愛し、大切に育てている心優しい王子様がいましたとさ』

『王子様は緑の手を持っていると言われるほど、植物を育てるのが上手で、人狼国には豊かな緑が大地を覆い、人々は農業や林業で恩恵を受けていたんだってさ』

『ある時、その王子が蒔いた種が大きく大きく育って、不思議な巨木が生まれたよ〜』

『その木には不思議な力があって、種を蒔いてたったの一週間で大きく大きく育ったんだって』

『その木が王城の敷地に根づいてから、不思議なことに王室ではいい出来事ばかり起きたんだ』

『王子に弟が生まれたり、難航してた外交が急にうまくいったり、鉱山から良質な魔石がたくさん取れたり、その木が生えてから人狼国はますます豊かになったんだって』

『よかったね、よかったね』

と、妖精たちはますます興が乗ってきたのか、美しい声を張り上げて唄い続ける。

『その幸運をもたらす木は国宝として、そして人狼国の王家の象徴として、それは大切にされたんだってさ』

『それが、こちらの対の大樹。王子はその木を増やすことができないかと、種を取ったり、研究したりしたんだって』

『それが、約五百年前のお話。その頃王子は二十歳』

『生まれた時から決まっていた許嫁の隣国のお姫様との、結婚を控えていたんだって』

『ところがある日、王子はその木の洞から偶然異世界へ飛ばされちゃったから、さぁ大変！』

『飛ばされた先は地球の、ニホンという国。王子が持っていたのは、たまたま手入れをしていてポケットに入れていた、その木の種だけ』

『もう一度洞に入ろうとするけど、もう元の世界へは戻れない！』

『不安だよね、心配だよね。これからどうしよう……!?』

妖精たちの語り口は実に軽妙で、思わず物語に引き込まれてしまう。

いつしか、その場に居合わせた全員が、妖精たちが紡ぐ昔話に聞き入っていた。

『途方に暮れた王子は、森の中で人間の娘と出会い、恋に落ちたんだって』

『王子と娘は愛し合って、とってもしあわせだった。二人は、王子が元の世界に帰れるように一緒に対の大樹の種をニホン側にも植えたんだって』

『対の大樹は大きく育ち、王子は元の世界へ戻れるかもしれないと喜んだ。娘にも一緒に来てほしいと求婚し、娘は受け入れてくれたんだ』

『だけど、娘の両親は得体が知れない異世界の男との結婚を許さなかったんだって』

『娘を異世界なんかに行かせてたまるものかと、娘の両親は王子を殺そうとしたんだ……！』

『それを察した娘は急いで王子を逃がし、さよならを言ったんだって。そして、大きく成長した対の大樹の洞から王子は、泣く泣く元の世界へ戻ったとさ』

妖精たちは、飛び回りながら次々と、まるで歌の歌詞のように語り続ける。

生きる世界が違う二人は、結局結ばれることはなく悲恋で終わった。

そこまでは、以前リュカから聞かされた内容通りだった。

だが……。

『離れ離れになったけれど、二人の恋はそこで終わってはいなかったんだ』

「え……？」

『人狼国に戻った王子は、異世界での恋を封印し、国のために予定通り許嫁の姫と結婚し、よい政治を行う賢王となり、王家の血を遺した。そして、ニホンに残された娘のおなかにも、王子の子どもが宿っていたんだ！』

『娘は結局誰とも結婚せず、王子の子を産んで一人で大切に大切に育てたよ～』

『その子がトワの、ハルセ家のご先祖様なんだってさ！』

「え……？」

思いもよらなかった真実を告げられ、登羽は言葉を失った。

「僕の家のご先祖様が、王子の愛した人だったの……？」

『そうだよ。トワの一族には、王子の血が受け継がれてる。トワにもうっすら、人狼族の血が流れてるんだ！』

美しい歌声で、妖精たちは歌い続ける。

『対の大樹の洞の中、僕らはすべてを見ていたよ』

『僕らは語り部、僕らは語り部』

『王子と娘の恋を、永く語り継ぐ役目だよ』

なんということだろう。

五百年前の人狼国王子と人間の娘との恋は、悲恋に終わったと語り継がれてきたが、本当は二人の恋は成就し、娘は王子の子を身ごもって出産していた。

それが、春瀬家の先祖だったなんて。

そういえば祖母から、春瀬家の先祖には少々変わった人物が多くいたと聞いたことがある。

妙に鼻が利く者、運動神経に長けた者、百歳近くまで生きた長寿の者も、数多くいたらしい。

それらは人狼族の血を引いていたのが原因だったのかもしれない。

「登羽も、匂いには敏感だしな」

リュカが納得した様子で頷く。

確かに、登羽はリュカの匂いが大好きだ。

「だから私との間に、すんなり子を授かることができたのかもしれない。私たちには、同族の血が流れていたのだな」

「リュカ……」

「王子と娘のように、あの森で我らが巡り会ったのは、やはり運命だったのだ」

熱く見つめ合う二人に、それまで控えていたエミールが、父王に話しかける。

「父上、リュカ兄上があちらの世界の対の大樹の守り人となったとしても、私が兄上の代わりに立派に王座を引き継いでみせましょう」

「エミール……」

「私では、まだまだ頼りないとお思いでしょうが、長い目で見守ってください。そして、兄上たちの仲を、どうか許して差し上げてください」

十八になり、成人したものの、まだまだ子どもだと思っていた次男の、思いもよらぬ成長に、国王夫妻は言葉もない様子だった。

その場に居合わせた全員が、固唾《かたず》を呑んで国王の返事を待っている。

すると国王は、深いため息をついた。

「……儂《わし》が悪かった。五百年前の悲恋の伝説ばかりを気にして、そなたたちの気持ちを一番に考えてやれなくて、本当にすまないことをした」

「父上……」

潔《いさぎよ》く頭を下げ、国王は登羽に向かって告げる。

「儂を許してくれるか？　トワ殿」

「許すなんて、そんな……とんでもないです」

まさか二人の仲を認めてもらえるとは思っていなかったので、登羽は嬉しさのあまり目頭が熱くなる。

「ありがとうございます、本当に……嬉しいです」

瞳を潤ませた登羽の肩を、リュカが優しく抱き寄せる。

すると、心強い味方になってくれた妖精たちが、二人の頭上を飛び回り、祝福の歌を唄ってくれた。

『おめでとう、おしあわせに！』

『リュカ、トワ、結婚おめでとう！』

すると、それに勢いづけられたように、その場に同席していたエミールたちや家臣たちも、口々に祝いの言葉を贈ってくれた。

「おめでとうございます！　リュカ様、トワ様！」

「おめでとうございます！」

「ありがとう、皆」

リュカと登羽も、顔を見合わせて微笑み合う。

「よし、そうと決まれば、盛大な結婚式を執り行おうではないか！　国中にふれを出し、国民の皆にも喜んでもらおう」

「ええっ⁉」

国王の突然の提案に、登羽とリュカは思わず顔を見合わせた。

◇　◇　◇

こうして、話はあれよあれよという間に進み、約一月後には国を挙げての盛大な結婚式が行われることとなった。

「ホ、ホントにいいのかな……？」

婚礼衣装に着替えたこの期に及んで、登羽はまだ困惑している。

登羽が身にまとっているのは、リュカが王室御用達《ごようたし》の一流職人に仕立てさせた、純白の婚礼衣装だ。

男性用ではあるが、高級レースをふんだんにあしらったデザインで、華奢で細身の登羽によく似合っていた。

「父上があれだけ乗り気になっていらっしゃるのだ。その厚意に甘えるのも親孝行だ」

先に着替えを済ませ、登羽の仕度を見守っていたリュカが椅子から立ち上がり、登羽の頬に手を触れる。

「綺麗だ、登羽。私の伴侶は、世界一愛らしい。晴れ姿を、もっとよく見せてくれ」

「もう、リュカってば……」

臆面もなく睦言《むつごと》を吐くリュカに、登羽は恥ずかしくて赤面してしまう。

「リュカも、すっごくよく似合ってるよ。ね、樹希？」

と、息子に話しかけ、照れ隠しをする。

すると、用意されたベビーベッドの中で元気につかまり立ちしていた樹希が、紅葉のような手を伸ばしてきゃっきゃと笑った。

実際、長身でスタイルのいいリュカはなにを着ても似合うのだが、腰に儀礼用のサーベルを佩《は》いた、豪奢な王族の婚礼衣装はまさに神々しいほどの凛々しさだった。

「今日は樹希もご機嫌だな。我らの結婚式だとわかっているのだろうか？」

「どうかなぁ」

樹希にぎゅっと指を握られ、リュカは目の中に入れても痛くない表情になっている。

国王夫妻との和解以来、いったん元の世界へ戻り、再び挙式のために人狼国へやってきた二人だったが、ここに静子の姿はない。

リュカの魔力で対の大樹からこちらの世界へ飛ぶには、身体にそれなりの負荷がかかるので、高齢の静子には危険だと断念したのだ。

にも関わらず、後で話を聞かせてね、と祖母は快く二人を送り出してくれた。

祖母にも自分たちの晴れ姿を見せたかったな、と登羽は残念だったが、その分デジカメを持ってきたのでたくさん写真を撮り、見せようと思う。

――まさか、リュカの故郷で結婚式を挙げられるなんて思いもしなかったな。

結婚を認め、盛大な結婚式まで挙げさせてくれた国王夫妻には、感謝しかない。

と、その時、登羽は控え室に山のように届いていた結婚祝いに気づく。

「こんなにたくさん、お祝いいただいたんだね」

「ああ、皆が私たちの結婚を祝福してくれている。人間国のレオンハルト国王と煌の巫女、璃生《りお》殿からと、魔人国のルヴィアン国王、龍人国のハルレイン国王、煌の巫女、蒼羽《あおば》殿から連名で届いているぞ」

聞けば、登羽と同じ日本出身ということで、リュカがわざわざ伝令魔法を使って知らせてくれたらしい。

「わぁ、嬉しいね。いつか皆に会いに行きたいな」

「ああ、きっと会いに行こう」

笑顔を交わしていると、そこで「お時間です」と侍従が呼びに来たので、二人は儀式の間だけ樹希を侍女に預け、王城の控えの間から大聖堂へと向かう。

「あ〜、なんかめっちゃ緊張してきた……」

思わずそう呟くと、隣のリュカが「大丈夫だ、私がついている」と左肘を差し出してきた。

「……うん！」

登羽がその肘に手をかけると、目の前の重厚な扉がゆっくりと開かれる。

事前のリハーサル通り、深紅の絨毯《じゅうたん》の上を、足並みを揃えた二人は一歩、また一歩と祭壇へ近づいていく。

荘厳な大聖堂内には、既に近隣諸国の王族や重鎮たちが参列している。見ると、羊のような角が生えた者や、背中に羽が生えている者の姿もあったので、獣人族のさまざまな種族が一堂に会しているのだろう。

リュカは王位を継ぐわけではないが、王族の結婚になると内輪だけの式で、というわけにはいかないようだ。

かなり急に決まった結婚式だったので、遠方からよくこれだけの招待客が駆けつけてくれたと、登羽は驚いた。

それだけ、人狼国の国力は強大なのだろう。

荘厳な雰囲気の中、しずしずと進み、ようやく祭壇の前まで辿り着くと、そこでは白いローブを身につけて正装した老婦人が待ち受けていた。

彼女が、現在の人狼国所属の煌の巫女、その人である。

こうした儀式の大半を執り行う彼女は、王城でも相当地位の高い存在らしい。

結婚式というものは、文化が違ってもだいたい同じ流れのようで、誓いの言葉から指輪の交換と登羽もよく知っている儀式を次々とこなしていく。

国王夫妻が高価な結婚指輪を贈ろうかと申し出てくれたのだが、気持ちだけありがたくいただき、二人はリュカが選んだ指輪で儀式に臨んだ。

そして、最後に満を持して、祭壇上で誓いのキスを交わした。

すべての儀式が終わると、巫女が笑顔で告げる。

「ご結婚、おめでとうございます。お二人の未来に、メリスガルド神の祝福のあらんことを」

「ありがとうございます」

儀式が終わるとほっとして、登羽にも笑顔が戻る。

そこでリュカが、なにを思ったのかいきなり登羽を軽々と横抱きに抱き上げ、参列客たちに向かって叫ぶ。

「私は最愛の伴侶と巡り会え、これ以上のしあわせはありません。本日遠い中を参列してくださった皆々様方にも、メリスガルド神の祝福のあらんことを……！」

最後の、王族の婚礼らしからぬイレギュラーな振る舞いに、最初は仰天していた参列客たちから、次第に拍手が湧き起こり、やがてそれは大聖堂を揺るがすほどに大きくなっていった。

「リュカ……」

「よい門出になったな」

「……うん！」

もうここまで来たら自分たちらしくでいいや、と登羽も開き直り、リュカの首に両手を回してしがみついたのだった。


挙式の後は、リュカと登羽のたっての願いで、一般の人々のために対の大樹の許で盛大なガーデンパーティーを開いた。

さすがに警備上の問題があり、賓客の他国の王族たちと一緒にするわけにはいかないので、彼らには王城の大広間での盛大な舞踏会が開かれ、それとは別に王城内の森で、この日だけはすべての住民たちを歓迎し、祝いの酒を振る舞ったのだ。

十年ぶりに戻った第一王子が伴侶を迎えたと聞いて、近隣の街や村からは大勢の人々が祝福に駆けつけてくれた。

「リュカ様、トワ様、ご結婚おめでとうございます！」

「おめでとうございます、おしあわせに！」

「ありがとう、皆さん」

口々に祝福され、登羽は嬉しさに頰を紅潮させる。

主役の二人は、二ヶ所の会場を行き来して大忙しだったが、陽気に騒ぐ住民たちの笑顔を見て、ガーデンパーティーを開いてよかったと心から思った。

『おめでとう、リュカ』

『おめでとう、トワ』

パーティが始まると、対の大樹の洞から飛び出してきた妖精たちが、会場の上を飛び回り、また祝福の歌を唄ってくれる。

リュカたちと共に、再び日本側の対の大樹からやってきた妖精たちも入り乱れ、会場には美しい歌声が響き渡り、人々はうっとりと聞き入った。

国王一家も、森での祝宴にも顔を出してくれていた。

「イツキや、儂がそなたのお祖父様だぞ」

樹希を抱っこした国王は、既に初孫にメロメロだ。

「父上、独り占めはずるいですよ。私にも抱かせてください」

「まぁ待て、もう少しだけ……っ」

「ぼくもイツキを抱っこしたぁい！」

と、エミールとレヴィも参戦して大騒ぎだ。

「あらあら、しかたのないこと」

そんな彼らを、おっとりとした王妃が笑顔で見守っている。

樹希の争奪戦を宥めるためにリュカがそちらへ向かうと、王妃と登羽が一瞬二人きりとなる。

「トワ様、リュカのこと、なにとぞよろしくお願いします」

「そんな、こちらこそ」

彼女と二人きりになったのが初めてで、登羽はなにを話していいかわからず困惑した。

「陛下の最初の振る舞い、どうか許して差し上げてくださいね」

「……いえ、あの時は僕たちも逃げるように帰ってしまって、ずっと後悔してたんです。もっとちゃんと話し合って、納得していただくべきだったと」

「でも、時間を置いたことで解決に導かれたのですから、これでよかったのですわ。双方の対の大樹の状態も安定してきたようですし、トワ様には本当に感謝しているのですよ」

「そんな……もったいないお言葉です」

恐縮する登羽に、王妃はふと微笑んだ。

「リュカを見ていれば、どれほどあなたを愛しているのかよくわかります。そして、あなたも」

「王妃様……」

「五百年前の悲恋を乗り越え、あなたたちが結ばれたのはまさに運命かもしれませんね」

と、王妃は優しい笑顔で告げる。


祝宴は丸一昼夜続き、リュカと登羽の結婚式は滞りなく無事幕を閉じたのだった。

エピローグ

◇　◇　◇

こうして人狼国で盛大な式を挙げ、二人は惜しまれながら再びこちらの世界へと戻ってきた。

「ね、この森はうちの私有地だからよその人が入ることはほとんどないとは思うんだけど、万が一誰かが対の大樹に触ったりして、人狼国に飛ばされちゃう危険はないの？」

ずっと気になっていたのでそう聞いてみると、リュカによれば「私と同程度の魔力を持つ者と一緒でなければ、可能性はほぼないだろう」とのことだったのでほっとした。

とはいえ、互いの世界は文化が異なるため、そう頻繁に行き来すると予期せぬトラブルが起きる危険もある。

今後も樹希の成長を国王一家に見せに行きたいとは思うが、当面は必要最低限にしようとリュカとも話し合った。

とりあえず登羽が『病気療養休暇』の名目で妊娠後期からずっと休んでいたので、これから仕事に復帰し、その後はリュカが育児休暇を取得する予定だ。

いずれ保育園に樹希を預け、共働きに戻るだろう。

親になると、いろいろ心配ごとが尽きないものだが、特に人狼族の血を引いているので、体格差や能力が抜きん出てしまい、樹希がよその子どもたちから孤立してしまうことを登羽は案じていた。

とある休日、いつものように対の大樹の許へ向かうと、レジャーシートの上で元気にハイハイしている樹希を眺めながら、登羽が呟く。

「樹希、リュカに似て筋力とか力が強そうなんだよね。保育園でほかの子たちとうまくやれるかな？」

樹希は妖精たちに可愛がられていて、さきほどから飛び回る彼らに遊んでもらっている。

赤ん坊がハイハイやつかまり立ちができるようになるのは、平均して生後七、八ヶ月くらいらしいが、樹希はだいぶ前から余裕でできていたのだ。

その時、そよ風に鼻先をくすぐられたのか、お座りしていた樹希がくちん、と小さなくしゃみをする。

すると、ピョコン、と狼の耳が飛び出した。

しばらくすると、自然に引っ込む。

人狼族と人間の血が流れているせいか、樹希はまだ耳と尻尾の状態が安定しておらず、こうして出たり引っ込んだりしているのだ。

「……保育園で耳が出ちゃっても、まずいよね」

「樹希が自分でコントロールできるようになるまでは、私の魔法でなんとかするから案ずるな」

と、リュカが登羽の不安を宥めるように肩を抱いてくる。

「私も子育ては初めてのことで、なにもかもが手探り状態だ。樹希が健やかに成長できるよう、共に協力して、なんでも乗り越えていこう」

「うん、そうだよね。心配ばっかりしても始まらないか！」

気持ちを切り替え、登羽はよじよじと果敢に膝を登ってきた樹希を抱き上げる。

確かに育児は大変だが、樹希の笑顔を見るとどんな疲れも吹き飛んでしまう。

こんなにも愛おしく、愛すべき存在ができるなんて、樹希を産むまでは思いもしなかった。

「子どもを産んでさ、ようやく親の気持ちが少しわかったような気がする。父さんも母さんも、こうしていつも僕の心配しててくれたのかな、とか考えちゃうよね」

「そうだな。今は樹希がしあわせになってくれることがなによりの願いだ」

それは、登羽も同じ気持ちだった。

「僕が生きている間は、決してこの森を手放さない。対の大樹は一緒に守っていこうね、リュカ。樹希がその後を引き継いでくれたらいいんだけど」

「赤ん坊の時から、これほど妖精たちに愛されているのだ。樹希も私たちと同じ思いを抱いてくれると信じているぞ」

と、リュカは妖精たちに手を伸ばし、だぁだぁ、となにごとかを話しかけている樹希を眺めながら告げる。

「五百年の永い時を経て、王子と娘の恋は私たちが結ばれ、樹希が生まれたことで成就できたのだろうか？」

「……そう思いたいよね」

愛し合いながらも別れる運命になってしまった二人だが、それぞれ相手を想いながら別の世界での人生を全うした彼らに、後悔などなかったのではないかと登羽は思う。

彼らの悲恋の伝承がなかったら、リュカは人狼国時代に対の大樹の調査はしなかったかもしれないし、そうなればこちらの世界に飛ばされることもなかったのだ。

「なんだか、運命って不思議だね」

「そうだな」

「リュカ」

「ん？」

「僕、今すっごいしあわせ」

素直に今の感情を伝えると、リュカも微笑む。

そして、そっと登羽の手を取り、優しく握ってきた。

二人の左手の薬指には、揃いの結婚指輪が光っている。

「私もだ」

それは、登羽が大好きな彼の笑顔だったので、

「リュカ、大好き……！」

思わずそう叫んで、その頬にキスをする。

すると、二人の間に挟まれていた樹希が、まるで自分もだよ！　と主張するかのような絶妙な

タイミングでだぁ、と声を上げたので、登羽とリュカは思わず顔を見合わせて笑ってしまう。

「もちろん、樹希も大好きだよ！」

そう言って、リュカと登羽は左右から愛する我が子のふくふくのほっぺに自分たちの頰を寄せ、ぎゅっとハグをしたのだった。

あとがき

こんにちは、真船《まふね》です。

今作の舞台はほぼ現代日本ではありますが、拙著の「異世界《いせかい》に女装《じょそう》で召《しょう》喚《かん》されました！」と「魔王様《まおうさま》と龍王様《りゅうおうさま》に愛《あい》されすぎちゃう異世界《いせかい》ライフ」の舞台になっている、キリルシーナ大陸にある人狼国も登場するので、個人的には異世界三部作と勝手に分類してます（笑）

作中、日本で同性婚ができるようになったという架空の設定がありますが、こちらも前作「朧月夜《おぼろづきよ》に愛《あい》されお輿入《こしい》れ」の攻め様が力技を使った裏設定が今作に影響を与えていることに（笑）

もちろん、それぞれ独立したお話なので知らなくてもまったく問題ないのですが、少しでも気になった方は、ぜひぜひこちらの過去作たちも読んでいただけたら嬉しいです。

さて、今作では十年という長い年月を描いている&攻め様が狼に変身するという内容で、私にしては珍しいタイプの作品だった気がします。

でも、書いていてとても楽しかった……！

榊空也《さかきくうや》先生の麗しいイラストが、これまた素晴らしいのです……！

モフモフ狼のリュカも、超絶美形のリュカも、どちらも最高で！　登羽《とわ》の子ども時代も、成長した姿も、二人の間に生まれた樹希《いつき》もめちゃめちゃ可愛くて、まさに眼福の連続でした。

以前からひそかにファンだったので、イラストを描いていただけて嬉しかったです。

お忙しいところ、快く依頼をお引き受けくださって本当にありがとうございました！

楽しく書かせていただいたこの作品、どうか読んでくださった方々にも楽しんでいただけるといいのですが。

それではまた、次作でお目にかかれる日を心待ちにしております。

真船るのあ

CROSS NOVELS既刊好評発売中

あやかし王からの千年分の愛が重すぎる!?

朧月夜に愛されお輿入れ

真船るのあ　Illust 一夜人見

「前世のそなたも、今世のそなたも愛している」

唯一の身内だった亡き祖父の店を継いだ晴葵は、スーツ姿で日本刀を持ち歩く不思議な男・朧谷と出会う。彼に、高額すぎる祖父への香典を返したい晴葵。だが、朧谷はそれを口実に何度も食事や遊園地などのデートに誘ってきて、ついには強引に彼の億ションで同居することに!?　超絶美形でちょっぴり天然な溺愛系自称あやかしの王(?)×しっかり者の新米和蝋燭職人の、千年越しのアイラブユー♡

CROSS NOVELSをお買い上げいただきありがとうございます。
この本を読んだご意見・ご感想をお寄せください。

〒110-8625 東京都台東区東上野2-8-7　笠倉出版社
CROSS NOVELS 編集部
「真船るのあ先生」係／「榊 空也先生」係

CROSS NOVELS

白狼王子と溺愛あまあま新婚生活

著者
真船るのあ

2022年10月23日　初版発行　検印廃止

発行者　笠倉伸夫
発行所　株式会社　笠倉出版社
〒110-8625　東京都台東区東上野2-8-7　笠倉ビル
［営業］TEL　0120-984-164
FAX 03-4355-1109
［編集］TEL　03-4355-1103
FAX 03-5846-3493
http://www.kasakura.co.jp/
振替口座　00130-9-75686
印刷　株式会社　光邦
装丁　コガモデザイン
ISBN 978-4-7730-6354-7
Printed in Japan